歌について

啄木と茂吉をめぐるノート

倉橋健一
Kurahashi Kenichi

思潮社

歌について

啄木と茂吉をめぐるノート

倉橋健一

思潮社

装幀　高林昭太
装画　神坂雪佳

目次

歌について

啄木と茂吉をめぐるノート

一　茂吉の出立

　石川啄木と斎藤茂吉はともに東北の出身である。茂吉は明治十五年、蔵王山の支峰龍山の山裾にある金瓶村という貧しい村に生まれた。四年おくれて啄木は、岩手県南岩手郡日戸村の寺の長男に生まれた。ともに明治の三十年代後半から詩歌の世界に登場し大きな光芒を放ったが、くしくも生まれ自体が太平洋側と日本海側に分かれたように、この二人は徹底して別々の道を歩んだ。別々の道を歩んだからといって、二人が結び合えなかったということではない。それは茂吉が緒についたばかりのとき早死にしてしまった啄木とちがって（これも対立する一点であるが）、はるかに長く生きた茂吉の文章をすこし注意して読めばわかることである。

　しかし、つぎのような第三者の感想を手がかりにするのも、興味深いひとつの眼差しといえるだろう。これは、啄木と茂吉を、作品的にもっとも接近させる例ともなるが、芥川龍之介は「文芸的な、余りに文芸的な」のなかで、こんな言い方をしている。

「斎藤茂吉氏は「赤光」の中に「死に給ふ母」、「おひろ」等の連作を発表した。のみならずまた十何年か前に石川啄木の残して行った仕事を――あるいは所謂「生活派」の歌を今もなお着々と完成している」

ただ、ここでは、芥川龍之介のいう生活派とは何かが、問われなくてはならない。そこで先のエッセイとともに、芥川が最晩年に書きつけた「西方の人」のなかの、「……クリストの一生はいつも我々を動かすであろう。それは天上から地上へ登るために無残にも折れた梯子である。薄暗い空から叩きつける土砂降りの雨の中に傾いたまま。……」を、了解のための素材として紹介しておきたい。私の了解とは、一口にいってこうなる。「天上から地上へ登るため」の道とは、知識人の存在様式から生活社会(人生=大衆)へ、無限にとおざかったものから、ふたたび地上的なものへ、還路を目指す芥川の、苦い戦いの過程だったのではあるまいか。そこで、無残に折れてしまった梯子を見たことが、芥川の死へいたる悲劇となった。そうして地上的なもの、地上に目指したものこそは、いわゆるマリアの存在に他ならなかった、と。

そのことと無理に関連づけたいとも思わないが、「非才なる僕も時時は僕を生んだ母の力を、近代の日本の「うらわかきかなしき力」を感じている」(「僻見」)と、芥川を感動させた茂吉の歌一首と、絶唱となった初版『赤光』の「死にたまふ母」から二首だけをここに引いておきたい。

あが母の吾《あ》を生ましけむうらわかきかなしき力おもはざらめや
（『あらたま』）

我《わ》が母よ死にたまひゆく我《わ》が母よ我《わ》を生《う》まし乳足《ちた》らひし母よ

のど赤き玄鳥《つばくらめ》ふたつ屋梁《はり》にゐて足乳《たらち》ねの母は死にたまふなり
（『赤光』）

さて、茂吉がはじめて作歌をこころざしたのは、明治三十七年の暮れ頃か翌年の一月、神田の貸本店いろはから、正岡子規遺稿第一編『竹の里歌』を借りて読んだときであった。大正八年になって書いた「思出す事ども」のなかで、茂吉は往時をこうのべている。

「当時僕は和泉町で父がやつてゐた、病院の土蔵の二階に、がらくた荷物の間に三畳敷ぐらゐの空《あき》をつくつて其処に住んでゐた。窓ガラスには出征した兄の武運を、成田不動尊に祈念した紙札などが張つてあつた。そこの室に坐つて借りて来た歌集を読んでみた。巻頭から、甘い柿もある。澁い柿もある。『澁きぞうまき』といつた調子のものである。僕は嬉しくて溜らない。……僕は溜らなくなつて、帳面に写しはじめた」

このとき茂吉二十二歳。寄寓していた帝国脳病院（青山脳病院）院長斎藤紀一の次女てる子（輝子）の婿養子として入籍、東京帝国大学医科大学に入学する前のことで、この文章にはあどけないほどのみずみずしさが溢れている。しかし、いまそのことはさておくとして、ここが大事なところでないかと思う。つまり、茂吉のなかでは、兄の武運を祈る紙札と、子規の歌のなかの柿（故郷に通底する）と、いまそこに姿を見せはじめたばかりの短歌形式とが、このとき、すでに切り離すことのできないものとして、存在したということであった。回想もまたゆえに、室内の風景として、あらわれねばならなかったのである。

山上次郎は『斎藤茂吉の生涯』という評伝のなかで、茂吉が高等小学三年のときに毛筆で丹念に写したという、「修身科」という冊子について言及している。「父母ヲ尊敬スルコト」「仁明天皇ノ御孝心」「兄弟互ニ助クル」「木下藤吉郎ノ志」「信義」「謙譲」「貯蓄」「学問ノ要ハ之ヲ身ニ行フニアリ」などの題があって、最後に、「国体」があり、付録に「谷村小助小伝」がついていたという。天皇や国体への考えかたと態度、質実な気風などは、この頃からのものだろうとのべているが、ここは茂吉個有のものとするのはあたらない。頭に入れておかねばならないのは、茂吉が小学校に入った翌年に明治憲法が発布され、その翌年には教育勅語が発布、さらにその翌年には各学校に天皇と皇后の御真影が下賜されるという、天皇制による明治権力の足早な確立期に、茂吉の少年時代が重なった事実である。と、すれば、あとに浮かびあがるのは個々人の気質の差や心酔度の差ともいうべきものであろうが、こんなふうにして茂吉の個性に、明治になって、明治の国家から伝播された大衆的な地方的な心性が、深々とかくされていったことも事実であった。日清、日露の戦争に勝ったことによって、明治の支配層は、天皇制と富国強兵にひとつの答えを出していくが、茂吉はその過程でつくられた典型的な日本人であり、そこで形式は、方法的なものとしてより先に、いちどはナショナルな一体感として求められたのであった。

ただし、ここでつけくわえておかねばならないのは、にもかかわらず茂吉が作歌の手順として、子規の写生歌を信じ、生活実質へ下降することから、けっして目をそむけたりはしなかったことである。芥川龍之介が感動した生活派ということの根っこには、この、芥川にはついに訪れることのなかった、身ぐるみ地方でおおいつくされた茂吉の、まことに原初的《プリミティブ》な生活行為としての風景がよこたわる。言葉をかえれば、明るい日差しのなか、人びとの見守るなかで、赤子に平気で乳房を吸わぶらせることのできる母親の世界である。茂吉は十五歳のとき東京に出て遠縁にあたる斎藤紀一方に寄寓して、上級学校へ通うようになった。これはしかし、のち斎藤家の婿養子になることで寄寓の身分が解消されるほど、甘いものでもあたたかいものでもなかった。土蔵の二階を改造した三畳ぐらいの部屋に起き臥しする、れっきとした書生の身分に変わりはなかった。そんな日常をささえるために『竹の里歌』もまた、啄木とはちがった意味で当初はかなしき玩具として求められたはずであった。同時に、この地方性のもつ、貧しくとも濃く血のつながる、小規模農業生産型共同体から離脱して、馴れ染まることのできないままの都市生活者の孤独に耐えることこそが、この時代の茂吉にあたえられた近代化であったとすれば、『竹の里歌』は平明性、清新性をともないながら、一面では茂吉にとって、両者をひとつにして二で割る中庸性、一種の清涼剤にも似たバランス感覚として現前したはずでもあった。そこから蕩揺がはじまるが、これはある意味でケガの功名といってしまってよいかもしれない。

木のもとに臥せる佛をうちかこみ象蛇どもの泣き居るところ
人皆の箱根伊香保と遊ぶ日を庵《いほ》にこもりて蠅殺すわれは

『竹の里歌』を読んでいると、こんな歌にでくわす。何となく生き生きして清新に感じられ、それのみでなく、従来の歌のようにむずかしくもなくこれなら自分にもできるように思われたという。たまらなくなって帳面にうつしはじめる。神田の古本屋をまわって、子規のものをあつめはじめる。そのなかに左千夫の名がだんだん多くなってくるのに気づく。やがて、当時池田秋旻が選していた読売新聞へ投稿するようになり、根岸派に「馬酔木」という歌の雑誌のあることなどを知る。

こんなふうに見てくると、茂吉のなかにある、書くことへの動機はいっそう鮮明に見えてくる。当初から自己表現への衝動がそんなにつよかったとは思われない。明治三十八年頃は「明星」がまだすこぶる元気であった。フランス象徴詩もさかんに日本に紹介されて人びとの耳目をあつめる時代になっていたが、時折覗くことはあっても、茂吉にはとうていみずからには馴染むことのできない無縁なものに見えていたろう。その分、子規を読んで、これなら自分にも書けると思ったのだった。同時に東京帝国大学医科大学医学科を目指す身であれば、これなら手すさび程度にもやっていけると思ったにもちがいなかった。

啄木にくらべてみると、茂吉の青春はおどろくほど殺風景で、変化もない。ある意味で無理からぬことでもあった。茂吉は斎藤家の食客であり、まず日々の暮らしぶりにどのように対応するかが問題だった。よく知られる、明治三十六年五月四日付兄広吉あての手紙は、この頃の茂吉の生活と胸中をよく物語っている。

「食客とは他人の家に居るなり。働きて其かはりに食することを得て暮して行くなりされば仮令親類といふ名前あるにもせよ食客といふ取扱ひを受くる以上は斯くするは通例なり。……小生の経験によれば初めの中は出来るだけ手まめに働くか然からざるも働くフリさへもするは信用を得るの道なり」

むろん、こんなことは、裏を返せば生活人としてどこにでもある分別にすぎない。しかし、これほど分別をあらわにした生活観もめずらしい。

茂吉は開成中学校に在籍中、露伴にひかれて、とくに明治二十九年に出た『ひげ男』を愛読した。そのとき、そこに付載されていた「靄護精舎雑筆」のなかから、「忍辱は多力なり」という言葉を見つけて心酔したという。この抑制する意志もまた、分別という処世術、処世への対応策として得られたものであった。

大事なことは、この抑制され、忍耐されたもののうちから、根岸短歌会への接近がはじまったことである。別の言い方をするとこんなふうにもいえようか。茂吉によって体得された明治の大衆の典型とは、いわば、国家＝天皇にたいする徹底した忠誠を基層としているが、それが生活レベルへ下降したとき、常民としての個の段階には、おのれ可愛いさにはじまるさまざまな種類のエゴイズムがあり、そこであらわにされるものが私がここでいう分別であった。天皇＝国家は、共同制の規範としての観念の上限をさすが、それが下方にさがるにつれ、さまざまなゆるみが生じ、抑圧化の〈個〉という関係をも生じさせたはずである。茂吉の分別もそこからのがれられるものではなく、このばあい根岸短歌会への接近も、この分別との一体化のうちにおこなわれたものだったろうと私は思う。そして根岸派の歌に接触して、根岸派とは限らぬ歌としての内面化が方法として意識化されたとき、はじめて『赤光』の世界は開けたのであった。

つまり、茂吉は、成田不動尊のお守り札と風土としての柿と短歌形式の一体感のなかから、いささかの修正もみずに、自分の内面生活の整序化へと乗り出したのである。ゆえに短歌形式を核とする求心力は、現実生活のなかにおける忍耐と抑制を、そのまま短歌形式における忍耐と抑制へと、ゆずりわたす鍵《キイ》となった。これは、啄木が生活意識を歌に定着させようとしたこととは、厳密な意味で逆になる。この時点の茂吉は、歌をしきりに生活意識のがわへあつめようとしている。この問題は、もし、この考えのまま極限にまでひっ張るとすれば、啄木のばあいはもしかしたら歌という形式の滅亡にまで到達する可能性をもつが、茂吉のばあいは逆に、歌という現実空間のバベルの塔を目指すことになる。

ついでにここで私は、その後茂吉が生涯にわたってただのいちども短歌形式を疑わなかったことについても、ひとつの注意を喚起しておきたい。のち、西洋に留学して、このときはとくにロダンの彫刻に惹かれるが、それもアララギの短歌形式をより豊饒にするための方法としての関心であり、形式をこえるかたちになるものではなかった。歌の形式は茂吉のなかでは、すでに揺るぎないものとして、不動のものになっていたのである。

だが、『赤光』を読んでいていつもながら思われることは、こんなふうにしてなかば無意識裡に歌に出会い、歌に目覚めた茂吉が、さらに万葉調のますらおぶりに存在の充実を求めつつ、しかしそこではじめて自分の作品行為にぶつかったとき、つまり書くがわに身を置いたとき、書く行為によって生動される、いままで見えなかった言葉の新しい関係によって、茂吉ですら内面の生活がはげしく揺すぶられたことである。

そんなにむずかしく考えなくてもよい。白秋、杢太郎らの官能、感覚の頽唐的世界、自然主義的といわれた若山牧水のもたらした内面の追求、あるいは啄木、哀果らの意識的な生活表現などのいろいろが、作歌をこころみる道程で、茂吉の言語意識にぐいぐい侵蝕していったということだ。茂吉自身、「思出す事ども」でのべている。

「僕は余程の後輩で、歌がどうしても進歩せず、長い間うろついてゐたが、明治四十四年ごろは、今までの根岸派流に安住してゐてはいけないといふ事に気がついてゐた。そこで僕が編集を担当するやうになつたとき、阿部次郎氏、木下杢太郎氏などに悃願して、原稿を頂戴した。さうすると地方の某々氏からさかんに先生のところに手紙を寄せて、アララギに邪道が這入つたといふ。それから僕等を『異趣味者』だといふ」

ある意味でこれはあたりまえである。すでにのべたとおり、茂吉ははじめて『竹の里歌』を読んだとき、そこで自分が物書きになるとは夢想だにもしていなかった。手すさびがせいぜいであり、斎藤家の跡目たりうる医者になることが、第一の目的であった。ゆえに分別が登場した。くり返すようだが、私が感心するのは、先の手紙が長兄へあてたもので気安さがまじったものとはいえ、ここで食客の処世術を俗論としてりっぱに語っていることである。

そんな茂吉であっただけに、書く行為（ここで私はそれが短歌であることにこだわっていない。原初的な意味で書く行為、対自化といってもよい）が、とにかくまばゆい行為のぜんぶに映し出されたことはまちがいない。初版『赤光』のもつ、蕩揺する調和ともいうべき世界の実現はその産物であった。

明治三十八年、この時期、啄木も二度目の上京で東京にいた。一月、新詩社の新年会に出席。上田敏、馬場孤蝶、蒲原有明、石井柏亭、山川登美子、平野万里に与謝野夫妻ら二十七、八名。五月、第一詩集『あこがれ』刊行。上田敏の序詞と与謝野鉄幹の跋文が付され、装幀は同郷の友人石掛友造で、詩集の扉に、「此書を尾崎行雄氏に献じ併て遥に故郷の山河に捧ぐ」と献辞があった。収録作品十七篇。定価五十銭。

この年、堀合節子と結婚。その一方で、一家扶養の責任が双肩に重くかかって懊悩の日々を送った。啄木十九歳だった。

二　『赤光』以前

『赤光』の作品は、明治三十八年作の「折に触れ」十七首をもって嚆矢とする。大正十年に定本となる改選『赤光』を出したときに、もっとも手入れの多かった箇所である。それだけに揺曳期の茂吉が深くにじみ出ている。子規の『竹の里歌』をはじめて読んだのはそれに先立つこの年のはじめ頃であり、作歌をこころざした茂吉が、読売新聞の秋旻選募集和歌に応募したのも、その直後であった。二月五日に「若菜」と題して掲載された二首を掲げる。

その昔しまだ乙女子の姉君と若菜つみけんかつしかの里
わが妻よいましも吾も若やぎて桜花みんいざ若菜くへ

しかし、茂吉が歌をつくったこと自体はもっと早い。明治三十一年十月三十日、当時台北守備隊のいた次兄守谷富太郎にあてた手紙のなかにしたためた二首が最初であり、茂吉自身、『短歌私鈔』第一版序言のなかで、十六歳頃の文学少年ぶりについてのべている。「明治三十一年の夏休みに、浅草区東三筋町に住んでゐて、佐佐木信綱氏の「歌の栞」を買つて来て読むと、西行法師の偉れた歌人である事が書いてある。そこで、「日本歌学全書」第八編を買つて来た。この書物には、「山家集」のほかに「金槐集」をも収めてゐる。これが「金槐集」を見たはじめである。当時の予は未だ少年であつて、歌書などを買つたのは覚束ない知識欲に駆られての所為に過ぎなかつたのである。それでも一度は読んだものと見え、ところどころに標点などを打つてゐる」

だが、それは、発熱ともいうべき少年期の一過性であって、そのあと、五、六年間そういう書物はほとんどかえりみずに居た、とあって、『竹の里歌』に連結する。

当時、茂吉は開成中学の二年生で、独逸協会別科に通ってドイツ語を習っていた。二首を載せた富太郎あて手紙のなかでは、「神国男児の本分としてかゝる重き任務を尽さるゝは」と、その身を案じつつも、むき出しの明治の庶民気質をのぞかせている。つぎは手紙のなかの二首。

兄上は雲か霞かはてしなき異域の野べになにをしつらん
此事も君の為めなり国のため異境の月も心照らさん

さて、明治三十八年といえば日露戦争の真最中である。このあたりすこし年譜を追っておきたい。

明治三十八年、一月『竹の里歌』を読み、作歌をこころざす。二月から六月にかけて読売新聞の秋旻選募集和歌に投稿。六月、第一高等学校卒業。七月、斎藤家の次女てる子の婿養子として入籍。「馬酔木」をはじめて読む。九月、東京帝大医科大学に入学。

明治三十九年、「馬酔木」にはじめて歌五首が載る。三月、伊藤左千夫をはじめて訪問。四月、足立清知凱旋歌会に出席。香取秀眞《ほつま》、蕨眞《けつしん》、長塚節、石原純ら「馬酔木」同人に会う。

明治四十年、五月、古泉千樫を識る。七月から伊藤左千夫選の「日本新聞」歌壇に応募投稿。

明治四十一年、一月、「馬酔木」廃刊。十月、「アララギ」創刊。第一号に短歌二十三首。二号に「塩原行」五十首、「短歌に於ける四三調の結句」掲載。

明治四十二年、一月、観潮楼歌会にはじめて出席。鷗外、鉄幹、上田敏、啄木、杢太郎、平野眞理、吉井勇、白秋、佐佐木信綱、平出修と相見た。五月、徴兵検査を受けて丙種となる。六月、腸チブスを病み、そのため卒業試験を延期。この年、中村憲吉、土屋文明を識る。

明治四十三年、十二月、大学卒業。

明治四十四年、二月、東京帝大医科大学副手を嘱託、付属病院勤務となる。六月、「アララギ」に『金槐集私鈔』の連載開始。七月、巣鴨病院医員となる。この年、「アララギ」の編集を担当し、「竜馬言」「短歌小言」「短歌小論」等の歌論を書く。島木赤彦を識った。

年譜をおいかけたのは、この時代が『赤光』の時代になるからである。茂吉二十二歳から二十九歳の時期にあたり、歌人茂吉の生涯にとってまぎれもなく青春期であった。同時に若い「アララギ」にとっても陣痛の時期であった。

他方、歌壇もめまぐるしく動いていた。明治三十八年には上田敏の『海潮音』をはじめとして、蒲原有明らによってフランス象徴詩がつぎつぎと紹介され、自然主義の勃興に呼応するかたちで、口語詩問題が相馬御風、島村抱月、石川啄木らによって精力的に語られるようになると、反自然主義的な傾向だけでは満足できない、鉄幹の編集方針にも反感を抱く白秋、杢太郎、長田秀雄、吉井勇らは「新詩社」を脱会した。この年、明治四十一年十一月、「明星」は百号をもって廃刊。翌年一月には、新鮮な耽美的傾向と異国趣味をもつ新浪漫主義をかかげた「スバル」が、杢太郎、白秋、啄木、平出修らによって発刊される。ここで中野重治の意見を聞いておくのもよいだろう。『斎藤茂吉ノート』の「二つの青春」のなかで、中野重治はさりげなく、当時の状況を次のように解析している。

「言いかえれば、それは、感覚においても理知においても春機の発動が他の一般少年よりもおくれてきたある少年のような具合であった。この時の日本の新しい詩歌の世界では、年取ったものと若いものとの間にきっぱり断絶させられた溝というものがなかった。少年は少年のままで、日本文学、日本詩の運動にたいして全責任をとるものとして立ちあらわれた。

……啄木の二十七年の生涯は、誰でもが通って行くところを彼もやはり通って行ったというものではなかった。啄木は彼自身において日本文学にあるものを加えたのであった。『アララギ』自身にも同じことはあった。後の『アララギ』とは全くあるいはかなりに違って『アララギ』の同人たちは全く素朴に新しい官能の世界を通って行った。また短歌以外の世界とも親密に交驩した」

この指摘のとおりであって、「アララギ」もまた一小グループにすぎない若い「アララギ」であり、短歌以外の世界とも密接に交流したがゆえに、やがてリーダーである老左千夫と、茂吉、赤彦、千樫、文明、憲吉らの歌はきびしい対立を生むにいたった。のち、茂吉は「アララギ二十五年史」のなかで追想する。「この動揺、ある方向への運動開始は、数年の動揺、乱調、混乱の時期に入るのであるが、そのきざしは既にこのへんに根ざしてゐたのである」。

このへんとは、明治四十二年、「アララギ」が東京に発行所を移した年であり、茂吉が左千夫に連れられて、観潮楼歌会に出席しはじめたころであった。左千夫との対立が激化するのは、それから二年後の四十四年、四十五年ごろをピークとするが、子規に忠実で、根岸短歌会の歌風を誠実に継承しつつ、万葉調を基本にして、みずからは「刹那の感情の直接的表現」すなわち「叫び」を歌の根幹においた左千夫にたいし、「パンの会」などに所属して、西洋の印象派の影響を強く受ける杢太郎、白秋らとも交流して、頽唐的な新思想新傾向をも受け入れようとした茂吉や赤彦らが、たがいに相容れないのはむしろ当然の成りゆきでもあった。注目すべきはむしろ茂吉のほうというべきであろう。かつて一高時代、藤村操の華厳滝からの投身自殺について、友人に送った手紙に、「死せば其迄の事なり、後は空々寂々土と化するのみ。斯る事書くは馬鹿者なり」（吉田孝助宛書簡）と書き、親友の安倍能成にも、「哲学者などは屁の役にも立たず」といい切った、田夫野人《でんぶやじん》、朴念仁型青年茂吉の大きな変容である。

ちなみに四十二年度の歌を、「アララギ二十五年史」のうちから引いておく。

をさな妻あやぶみ守るわがもひのゐぐしごこちに愼《つつし》むろかも
潮沫《しほなわ》のはかなくあらばもろともにいづべの方に亡びてゆかむ
やうらくの珠《たま》の如しとなげかひしをみなのみさをうつらさみしも

左千夫はこの年、九十九里浜の連作七首のほか、「独鴬をきく」、「信州数日」、「吾兒がおくつき」等の代表作を発表している。うちの一首。

人の生む国辺《くにべ》をいでて白波が大地ふたわけしはてに来にけり

左千夫の歌は、対象（風景）世界にたいする感情移入であり、そこにある人生肯定の態度には刮目すべきものがある。その態度は平明であり、律動的であり、どうどうとしてたしかな迫力をもっているといいうる。それにくらべると、茂吉の歌は内向的であり、一目で技巧的なのがわかる。濃い陰影をもった撓《たお》やかな心理のぶれのようなものを頽唐的というなら、そのとおりといってよいだろう。左千夫とはちがった方向を目指していることがうかがえる。

この年、「アララギ」発行所の東京移転は、当時、伊藤左千夫対三井甲之、「アララギ」対「アカネ」の対立紛糾があり、千葉県の蕨眞のところにあった発行所を、これ以上蕨眞に迷惑をかけるよりも、左千夫を中心とする在京の同人と、島木赤彦を中心とする信濃の「比牟呂」同人とが合同して、何とか奮起していこうという意見にもとづいていた。その背景には、「馬酔木」時代の古い同人の多くが左千夫のもとを去り、「アララギ」に拠ったのは末期に参加してきた若い書き手たちという事情が重なっていた。さらに大事なことは、「馬酔木」時代とちがって、左千夫が全体を統率しつつも、在京の同人が編集会議を開き、石原純、民部里静、古泉千樫、山本菫淶《そうしゅう》、茂吉らが、まわり持ちで編集することを約束したことであった。三井甲之の批判は、根岸派の作風を逸脱したものとして、実際にはこれら若い歌人たちにむけられていたからであった。

　この年、啄木は、有名な「食ふべき詩」や「きれぎれに心に浮かんだ感じと回想」など、自然主義にたいする公開的な批判をふくめた、注目すべき意見を発表しはじめていた。「国家！国家！」が、啄木の脳裏を、はっきりしたかたちでめぐりはじめていた。

三　縮みと集中・余話

昭和五十年代の後半、ジャーナリズムを賑わせた日本文化論のひとつに、李御寧の『「縮み」志向の日本人』という本があった。いま私の手元にあるのは文庫本である。その解説で多田道太郎は、この本のもっとも巧みな要約として、毎日新聞昭和五十七年一月二十五日の「李御寧教授に聞く『韓国から見た日本論』」の一部を紹介している。

「――教授のいわれる「縮み」の文化とは何か。

李教授　石川啄木の短歌「東海の小島の磯の白砂に／われ泣きぬれて／蟹とたわむる」を例にあげたい。この歌のどこにも日本特有の言葉は見当たらない。しかしこれを韓国語に翻訳しようとすると、難しいのは助詞の「の」が三つも重なっていることである。こんな文章形態は韓国にはむろん、世界にも例がない。

啄木は「東海の小島の磯の……」という風に「の」を繰り返し、大海を小島に、小島を磯から白砂へ、ついには蟹と涙一滴にまで縮めている。だから「の」の重複は世界を縮め、自分の身近な所まで引き寄せる「縮みの助詞」といえる。これが物に現れたのが、箱の中に次々と小さな箱を入れる仕掛け、即ち入れ子である。「縮みの文化論」は日本文化のコンテクスト（文脈）の中から、こうした「意識の文法」を探る作業だ」

このことは、この本のなかでは「縮み志向」六型のひとつ、「入れ子型―込める」で説明される。ちなみに六型の他の五型は、扇子型―折畳む・握る・寄せる、姉さま人形型―取る・削る、折詰め弁当型―詰める、能面型―構える、紋章型―凝らせる。李御寧のエッセイの面白いところは、これを韓国語（日本語以外）の文脈から対象化していることで、それだけに独自の説得力をもっているといいうる。しかし、かといって、縮み志向の日本人とまでいい切れるものだろうか。

たまたまこの本が出て数年あとの杉山平一『低く翔べ』というエッセイ集にも、李御寧のこれに直接ふれる発言が出てくる。氏はつぎのように書きつける。

「しかしこれは、有名なブラウニングの「春」の「時は春、春は朝、朝は七時、片岡に露みちて」と、大きな季節から小さなカタツムリへ迫っていくのと同じで、日本だけのものではない。集中のモンタージュとして世界の詩から映画にまで多用される表現法である」

李御寧の提言の前提には、李御寧自身が「縮み」ということの源流を、ジョルジュ・プーレの指摘する「拡散と収縮」の運動に求めていることから、「拡がり」の文化との対比のなかでかんがえようとする意志もあるようだが、私は杉山氏のいう「集中のモンタージュ」ということに、むしろ根拠があると思う。

ここをわかりやすくするために、もうひとつ、こちらは『映画の文体』という杉山氏の近著から、北斎の富士にふれたところを引いておこう。

「周知のように葛飾北斎の『富嶽三十六景』(事実は四十六枚)のうち、富士山を画面中央もしくは、主役の座にすえて描いたものは「凱風快晴」「山下白雨」ほかわずかであって、大半の富士は主役でありながら片隅か遠方に追いやられている。「神奈川沖波裏」の波浪や「甲州三嶌越」の杉の巨木や「尾州不二見原」の巨大な桶や「遠江山中」の斜めの角材が画面中央前面を蔽って見る人を驚かす。「富嶽百景」では主役の富士はついに盃中の小さな倒影にまでなる。それは特に西欧の人々には奇嬌ですらあった。なぜなら主役は富士であるはずだったからだ」

大海が涙一滴にまで縮まるのではなく、富士は富士のままで盃中の小さな倒影になるのである。同時に富士にくらべたら圧倒的に縮みであるはずの桶や角材が画面中央で富士を圧倒する。杉山氏はこのような対象の見方は、じつはこの国の「垣間見」の絵画化であろうといっている。垣間、垣根のすきまのこと、垣根のすきまから見るのが垣間見で、対象の前に、ある隔てを置いて、それによっていっそう主役を輝かそうとする見方である。

むろん、これは集中のモンタージュといっても、北斎独自の伝統系譜を応用した、手のこんだ前衛的手法であり、いちがいにイコールでくるわけにはいかないが、背後にそれを受け入れた広範な町人文化を視野におけば、杉山氏のほうに説得力があることは明瞭だろう。

つまり利休の二畳の草庵茶室にしても、鴨長明の方丈の住まいにしても、短歌や俳句という短詩型の文学も、そこを集中ととるか縮みととるかで重大な岐路に立たされる。私のかんがえでは、その縮みが同時に拡がり作用でもあるような、それが集中のモンタージュであって、表現はそこではじめて可能性をもつことのように思われる。縮みを拡がりとの対比のなかで、あれかこれかという二者択一的な眼差しでとらえるかぎり、二項対立的な二元論のトリックに、むざむざと入り込んでしまうことがないともいい切れない。そこはちがうといっておかねばなるまい。

こうなってくると、やはり思われてならないのが岡倉天心である。明治三十九年、ボストン美術博物館に、日本およびシナ部の首脳としてはたらいていたころ、英文で書いた『茶の本』(村岡博訳)のなかで、「茶と禅との関係は世間周知のことである」と前提したうえで、道教と禅道を説くことから、天心は話をはじめた。そして、「禅の主張によれば、事物の大相対性から見れば大と小との区別はなく、一原子の中にも大宇宙と等しい可能性がある」とのべたうえで、「茶道いっさいの理想は、人生の些事の中にでも偉大を考えるという この禅の考えから出たものである」という、すさまじい結論に達した。さらに茶道に近づきながらつぎのようにものべた。

「茶道の要義は「不完全なもの」を崇拝するにある。いわゆる人生というこの不可解なもののうち、何か可能なものを成熟しようとするやさしい企てであるから」

毒のある文章とは、たぶんこのようなものを指していうのだろうと私は思う。茶にはまるで ど素人の私のようなものがいま読んでも、まことに豊饒な、思想の謎ともいうべきものに激しく揺すぶられるからである。そして、ここで大事なことのひとつは、些事ということが、どこまでも志向するものではなく、絶対の点になっていることである。原点といってしまってよい。点であるから面積も方向もなく、説明できるものも何ひとつない。茶道とは、日常生活のさまざまな俗事のなかに存在する、うつくしいものを崇拝することにもとづく一種の儀式だということが、天心の答える具体的なものである。些事とはそのハードだと思う人は思ってよいだろう。この根拠から、いまいちど啄木にもどるなら、「東海の」の発語の根になるイメージは蟹と涙一滴であって、蟹と涙一滴こそが広く東海の風景を見たのであった。些事が眼差しを上へさしあげたといってもよい。

この一点を了解しなければ、茂吉の「死にたまふ母」などの絶唱も、まことに味けないものになってしまう。ついでにいってしまえば啄木の「東海の」も、かならずしも〈の〉の重畳によって、縮みへの回路を一進したものとはなっていない。東海の小島の磯の白砂であり、東海の小島の磯のわれであり、東海の小島の磯の蟹であり、東海の小島の磯で泣きたわむれたのである。この点ではあきらかに方法としてのモンタージュであり、集中の一結果であるといわねばならない。天心のいう、不完全なものを崇拝する心とは、たえざる見えざるものにたいするあこがれともいってよいだろう。啄木はこみあげてくる哀しみの謎の心中をテーマに、この歌をうたったのであったろう。たわむれる小さい蟹たちの蠢きのなかに、哀しみに凍るわが生の深みを思ったにちがいなかった。ついでに書いておけば、平安末期から鎌倉中期にかけての独特な語法に、「畳用」とよばれる独自な用語法の展開があった。「彼、蓼原ニ堂ニ詣ヅ」といった類である。蓼原の堂が蓼原に堂になっている。啄木ならずとも日本語の展開のなかには、この畳用という用語法が意外に深い影をおとしているかもしれない。

ここで、前章とだぶることにもなるが、いまいちど「死にたまふ母」のなかから、誰にでもしたしまれている歌のいくつかを掲げておきたい。

死に近き母に添寝《そひね》のしんしんと遠田《とほた》のかはづ天に聞ゆる
我が母よ死にたまひゆく我が母よ我を生まし乳足《ちた》らひし母よ

のど赤き玄鳥《つばくらめ》ふたつ屋梁《はり》にゐて足乳根《たらちね》の母は死にたまふなり
山ゆゑに笹竹の子を食ひにけりははそはの母よははそはの母よ

茂吉の母いくが亡くなったのは大正二年五月二十三日のことであった。茂吉三十一歳。十六日郷里におもむき、母の死を看取りながら三十日東京に帰った。つづけて七月三十日、師伊藤左千夫が没した。茂吉はそれを信濃上諏訪の旅先で聞いた。「悲報来」十首はその結果、初版『赤光』の巻頭を飾ることになる。

だが、『赤光』のなかでも白眉となるべきこれら、「口ぶえ」「おひろ」「死にたまふ母」など大正二年の作品は、当時左千夫生前の「アララギ」には発表されることがなかった。『赤光』初版跋に、「特に近ごろの予の作が先生から褒められるやうな事は殆ど無かつたゆゑに、大正二年二月以降の作は雑誌に発表せずに此歌集に収めてから是非先生の批評をあふがうと思って居た」と、茂吉自身書きとめている。

初版『赤光』は、逆年順に編まれているが、とくに大正元年（明治四十五年）と大正二年の作品は逆月順にもなっている。自覚とともに、この二年にかけた意気込みの強さも感じとれる。

ともあれ、茂吉は故郷にあって母の死を見つめた。ここで茂吉独特の絶唱は、「死にたまひゆく我が母よ」「足乳根の母は死にたまふなり」というふうに、臨終の床を見つめながら、なおそれをひとつの生命の意志と読みとって、現在進行形で歌っていることである。茂吉は母の死を自然の流れの大きな相のひとつに眺めていた。のちになって、「『死にたまひゆくわが母よ』といふごとき表現は、なかなか出来ないことであり、矢張り非常の場合におのづから出来た表現のやうにおもへるのである」（「作歌四十年」）と述懐しているが、茂吉は歌を詠むことで、死につつある母親の生命との一体感を目指したのだろう。

茂吉の生まれた山形県金瓶村の真東には蔵王山がそびえている。「恐ろしいばかりにうねうねと走つてゐる奥羽山腹が一帯の平地を威圧して其間にあつて巨人の如く中心点をなしてゐるものは蔵王山である」と長塚節が書いた（「アララギ」大正三年六月号）壮大な自然が、死にゆく母とそれを看取る茂吉を見つめていた。自分を生んだ母の死をとおして、茂吉はもっとも緊迫したかなしき力を経験しようとしたにちがいなかった。ここで興味深いのは、先に引いた作品がしめすとおり、茂吉がしきりと対句的なルフランを用いたことである。第二首の〈母よ〉の三どのくり返し、第四首の四句五句などがその例である。このリズムに平行するかたちで、しんしんなどというオノマトペがするどい効果をあげる。いまひとつ忘れてならないのは「死にたまふ母」という畏敬の言葉である。それらを重ねることによって、茂吉は大きな湾曲をもった時間の流れを組みたてる。それが芥川龍之介を感動させた「うらわかきかなしき力」の実態であった。天心のいう不完全なもの（見えざるもの）を崇拝する心は、ここでは茂吉のかなしみをたたえる律動感によって約束される。いうまでもなく死はもっとも具体的でありながら不可解である。そのありのままの姿を、茂吉は生の約束ごととしてまるごとうつし出したのだった。

四　茂吉の目

初版『赤光』の奥付は大正二年十月十五日になっている。島木赤彦・中村憲吉共著『馬鈴薯の花』に継ぐ、アララギ叢書第二編として刊行された。

それからまもなく大正三、四年あたりを序曲として、短歌の世界ではアララギの歌風が主調音をなすにいたる。この間の事情については茂吉自身から聞いておきたい。

「……第六期（明治四十三年から大正三年・作者注）に於ける新運動が、この期間になつてアララギの歌風に移行したといふことは興味あることであつて、逆行かといふに決してさうではない。第六期の歌風といふものは一つの新運動ではあつたけれども、やはり自然主義的に行かうとする、近代主義的に行かうとする、さういふ具合に物を見ようとする、さういふ具合にいひ表はさうとする意図が先に立つてゐる。これがいまだ短歌の骨髄に到達しない証拠であり、啄木の如きも、短歌は一つの玩具であり、全力を灑ぐなどいふことは野暮だといふ具合に、当時の自然主義の看方からしばられてゐるのであるから、それを全力的活動として説いた伊藤左千夫等の考に帰著するのがやはり自然の行き方であつたとおもふ」（「明治大正和歌史」）

それに先立って第六期についてはつぎのように要約される。

「新詩社の寛、晶子の歌が天下にひろがり、その末流者の模倣歌が歌壇に充満するに及びて、歌を弄ぶものは既に倦厭の情をおぼえて居る。加ふるに、スバルの歌は歐羅巴近代主義の輸入を迎へて、神経質、感覚的の特色を発揮したけれども、その象徴主義といふものも稍軽浮単調となり、作歌が一種の遊戯に堕せむとしたときに、これより先き本邦自然主義の運動が、早稲田文学、文章世界あたりを中心として勃興したのに、歌壇の人々も影響を受けて、スバル一派の歌に向つて反抗の気焔をあぐるに至つた」

そして金子薫園、尾上紫舟、窪田空穂、若山牧水、前田夕暮、北原白秋、吉井勇、土岐哀果、石川啄木、太田水穂、伊藤左千夫、長塚節らをこの期の代表歌人としてあげている。そこで、茂吉は啄木をどう見たであろうか。もっとも、いま私がテキストにしているこの和歌史は、昭和六年になって書かれたものであることは留意しておかなくてはならない。島木赤彦の死後、藤澤古実、高田浪吉、石榑茂ら赤彦の影響の強かった人たちが出て、土屋文明とのあいだに茂吉文明体制を確立した、茂吉のいうアララギ降盛期にあたるからである。ちなみに、その出立とは逆に、明治十五年生まれの茂吉は啄木の四歳年上であった。

「石川啄木は新詩社からいで、新体詩に熱心したのであつたが、短歌も途中からかはり、明星末期には万葉調に一寸なり、それから土岐哀果の歌の影響を受けた。これは筆者の空想であるが、若し哀果が居なかつたならば啄木の歌はああはならなかつたかも知れない。哀果調になつた啄木の歌は、今度は哀果と互に交流しつつ、矢継ぎばやに佳作を得た。これは疾病のためもあつたのであらう。それだから、『東海の小島の磯の白砂にわれ泣きぬれて蟹とたはむる』などは未だ甘く幼稚で為方がないが、『いのちなき砂のかなしさよさらさらと握れば指のあひだより落つ』も亦文学少年の域を出でてゐない。……」

ここで啄木の『一握の砂』編集過程を少々見つめておきたい。

『一握の砂』は当初、啄木が構想した明治四十三年四月段階では『仕事の後』と題され、春陽堂を訪れたときの歌稿は二百五十五首であった。それが不首尾に終わり、あらためて十月四日、東雲堂書店と出版契約したときには四百首余りになっており、さらに出版がきまってから急遽追加されて五百四十三首になって、長男真一の死で悼歌八首が再校正の際にくわえられている。他今井泰子の「啄木における歌の別れ」によると、十月四日以後の作歌だけで二百七十三首。他の最初の基調になった部分の多くも四十三年三月以後に書かれ、回想歌も大半はこのときくわえられた。さらに十月九日東雲堂あて手紙で、「但し一首三行一頁二首に候、心ありての試みに御座候」とあり、三行書きもぎりぎりの決断だったことを物語っている。

さて、茂吉のいう六期とは、明星派の浪漫主義の衰微の時代にあたり、同時にヨーロッパ近代主義の輸入によって展開されたスバル系の象徴主義も稍軽浮単調になり、それにたいして自然主義の影響を受けた歌風が、スバル一派に向かって反抗の気焰をあげた時期ということになる。と、いって、そこに決定的な潮流が定まったわけでもなく、明星、スバルの要素もふくめて群雄続出の時代であった。同時に五、六の歌風が歌壇を支配したかたちであったと茂吉はのべ、アララギ隆盛期へいたる一歩前と位置づけている。

そのなかで土岐哀果は、浅香社に育った金子薫園の門より出ながら、自然主義のもと、自然主義派と目された若山牧水や前田夕暮とは別に、啄木との交流によって、生活意識に短歌を密着させようとして、いわゆる生活派とよばれる新歌風を樹立した。

啄木に先んじて、明治四十三年四月、ローマ字でもって三行書きした第一歌集『NAKIWARAI』を出版、都会に生活する若者のみずみずしい抒情とともに、その大胆な実験が啄木に衝撃をあたえ、啄木の三行書きをよぶ結果となった。

指をもて遠く辿れば、水いろの
ヴォルガの河の、
なつかしきかな

これは明治四十五年刊行の『黄昏』のなかの一首であるが、なるほど哀果と啄木に相似点はたくさんある。

しかし、このふたりが実際に出会った時期はおそく、『一握の砂』が出た翌年の明治四十四年一月十三日のことであった。茂吉はそのきっかけを、啄木が「歌のいろいろ」を書いたとき、「焼跡の煉瓦の上に小便をすればしみじみ秋の気がする」という哀果の歌を褒めたからだといっている。この日、啄木は日記に、哀果の印象とともにこう書きしるした。「……予の直ぐ感じたのは、土岐君が予よりも慾の少いこと、単純な性格の人なことであつた。一しよに雑誌を出さうといふ相談をした。「樹木と果実」といふ名にして兎も角も諸新聞の紹介に書かせようぢやないかといふ事になつた。土岐君は頭の軽い人である。明るい人である。土岐君の歌は諷刺皮肉かも知れないが、予の歌はさうぢやない。」

ところで「明治大正和歌史」によるかぎり、茂吉には自然主義的とか近代主義的というときの、詩歌における自然主義とは何か、という考察がすっぽり抜けおちている。啄木の前にいくら哀果の影響を強調しても、その哀果の表現論を問わなくては、傾向や影響を論じたことにはなるまい。

やはり、ここは、明治四十年を分岐点としておきた口語自由詩が問題にされなくてはなるまい。「自然主義の論議が起りそれが最も徹底した年だ、口語自由詩の起った年だ」と書いたのは白鳥省吾（『現代詩の研究』）であるが、口語自由詩はこのようにして、自然主義の興隆と密接な関係のうえに生まれたのであった。島村抱月の「現代の詩」「口語詩問題」、服部嘉香の「言文一致の詩」、相馬御風「自ら欺ける詩界」「詩界の根本的革新」は、みなこの年から翌年にかけて書かれている。

たとえば、「詩界の根本的革新」で御風はこう書いた。

「もし詩界に於て自然主義を主張するならば、自らなる心を、自らなるわが調べもて、自ら歌ひ出づべきを主張しなければならぬ。詩界に於ける自然主義は、赤裸々なる心の叫びに帰れと云ふにあらねばならぬ。あらゆる伝習を脱し、あらゆる邪念を去り、純なる自己心中の叫びをさながらに発表する、そこに真の詩の意義が存するのではないか」

ここから、用語における日常語としての口語詩調として、絶対的に自由なる情緒主観さながらのリズム、行と連との制約破壊などが主張される。これはのちの啄木の、

「常に科学者の如き明敏なる判断と野蛮人の如き卒直なる態度を以て、自己の心に起り来る時々刻々の変化を、飾らず偽らず、極めて平気に正直に記載し報告するところの人でなければならぬ」（「食ふべき詩」）

に通底しよう。むろん根柢的なちがいはある。御風のそれが個人主義的自己主義的枠組にとど

まるのにたいし、啄木の視線は、生活意識の内面化をとおして、社会の構造的な部分に響かせようとしているからである。

だが、御風がこの文章を書いた四十一年三月、啄木はまだ釧路にいた。上京するのは翌月の四月である。ちなみにこの時期の啄木の歌を二首ほど掲げよう。かえって、啄木の、その後の変貌の鋭さがうかがえそうに思えるからである。

冬の磯氷れる砂をふみゆけば千鳥なくなり日落つる時
君を見て我は怖れぬ我を見て君は笑ひぬその夕暮に

茂吉はこの頃東京帝大の学生であり、伊藤左千夫をはじめて訪問してから二年が経とうとしていた。この年の秋、『赤光』所載の「塩原行」五十首を、「アララギ」創刊号に発表している。子規、左千夫とつないで、万葉集を理想とし、客観的な観照態度で写実的な歌をつくるアララギの歌風を選んだ茂吉に、啄木のような変遷や激変はない。

しかし、口語自由詩が短歌形式にあたえた衝撃は大きかった。それまで音数律と雅語にむけてのみ払われてきた詩形の関心ごとが、その根柢を揺さぶられたからである。

哀果や啄木の一首三行書きしてからがすでにそうであった。五七五七七の短歌形式をたんに三行にするというのではなく、哀果や啄木の短歌がいっそう詩の本質的リズムに接近したところで、内的に行変えがおこなわれたからである。

いのちなき砂のかなしさよ
さらさらと
握れば指のあひだより落つ

しっとりと
なみだを吸へる砂の玉
なみだは重きものにしあるかな

三行書きといっても、一首一首は自在に異なっていることに、ここでは注意を引きつけておきたい。

五　啄木と自然主義

ここで啄木の目をとおした自然主義を検討しておかなくてはなるまい。そう思ってページのあちらこちらをめくっていると、あらためて思われるのは、啄木という人は、なにを書くか、どんなふうに書くかと問いかける以前に、問いそのものが包み込んでいる、書く行為自体がもっている瑞々しいまでの過渡の魅力に、早くから気づいた人であった。言葉をかえると、書く行為自体にたいして、信頼と自発性をあたえた先駆的な人のひとりであった。

そんなふうに見てくると、「ローマ字日記」のような、音表記を基準にして、おまけに母音以外は二文字以上くみあわせて一音になるという、やっかいなローマ字表記の手続きをわざわざつかうことを通じておこなわれた、不自由な言語行為とは、いったいなんだったんだろうという問いかけもしぜんにせりあがってくる。啄木自身は書きとめた。「そんならなぜこの日記をローマ字で書くことにしたか？　なぜだ？　予は妻を愛してる。愛してるからこそ日記を読ませたくないのだ、――しかしこれはうそだ！　愛してるのも事実、読ませたくないのも事実だが、この二つは必ずしも関係していない」

かつて私自身はつぎのように書いたことがある。「了解はした上で、ここで私は素朴な一つの疑問にゆきつかざるをえない。妻に読ませたくないためにローマ字で日記を書くことは、いうまでもなく書かれた現実を知られたくないということだろう。と、すれば、日記を書きはじめるその時点で、啄木は妻に知られたくない現実が起こりうることをあらかじめ知っていたことになる。このような常識論をひっぺ返しにできるのは、ローマ字というような特異な表記法を採用することによってのみ可能な、なにかつんのめりにも似た徹底した表現衝動が、啄木の内部に生じたことを想定する以外にはない」（「悲しき玩具とは何か」）

いまは、そのとき書きえなかったことを、多少なりとも補完しつつ書き継ぐことになる。たとえばその深い背後に、自己告白がそのまま、主人公が作者と同一人物だという約束のもとにあって、小説そのものの存在をいちじるしく矮小化させてしまった、当時の私小説を想定してみることも可能だろう。作者と実生活を仮構の根柢的な意味を問うことなしに密通させてしまった、方法上の自然主義のゆきづまりにたいして、その種の自己絶対化にいたらしめないための手段として、自己像の客体化のために、啄木がみずから選びとったもどかしい行為ではなかったか、と、問いかけることももちろん可能である。このことは、「ローマ字日記」を集中的に考察して、多くの示唆をもたらした木股知史の、つぎのような発言にも通じよう。「告白に対する懐疑を免れるためには、作家が作品を書いて告白するのではなく、表現意識自体が語るという形態をとるしかない。仮構ではなく肉体の語りが必要とされる。完了した過去を告白するのではなく、自己の対象化が対象化された自己と寸分の隙なく一致する同時性を実現する文体が必要とされる」(「ローマ字日記の世界」『石川啄木・一九〇九年』)

私の記述と木股知史の文脈とは、記述のしかたが少々逆になるかもしれないが、あるがままのほんとうの自分を対象化させるためにこそ、日記という、それ自体は作品以前の私器であるはずのものにたいする逆の仮構＝ローマ字と、それによってもたらされる不自由という、具体的に書く行為の場におけるぎくしゃく＝制約こそが、このばあいの啄木には必要だったのではあるまいか。つまり、ここで啄木は、明治四十一年六月、みずから書いた小説によって惨憺たる敗北を喫したあと、泣きながら一晩に百四十首もの歌をつくったのとはまったく逆な状況へ、精緻な自己対象化へむけて、表出性そのものによって語らせるために、書きづらい環境へと、みずからの書く位置を強いたのだった。

この躓きの石ともいうべき、みずからの内面へしかけた表現との函数こそが、象徴詩から口語自由詩へ、浪漫主義から自然主義へと、はげしく混淆しながら揺れ動いた明治の後代にあって、自身は「スバル」のような反自然主義的なグループにありながら、いち早く口語自由詩への理解をとどかせるような、相対的な自由な眼差しをもちえた理由ではなかったろうかと私は思う。この書く行為へのこだわりの根拠のひとつを、明治四十三年一月九日付大島経男あて書簡の、つぎのようなところに見ることができるだろう。

「現実を論ずる人が現実に囚はれて、現実を固定したものゝ如く考へると共に、個性といふことを論ずる人も同じ誤謬に陥つてはゐないでせうか、個性といふものを既に出来上つたもの、ギヴンファクトと考へることによつて我々の思想がどれだけ停滞してゐるか知れないと私は思ひます、歴史は人類の或る不明な（仮りに）意志の傾向を示してゐます、同時に一個人の一生は其人の意志の傾向と其経路とを語る、現在生きてゐるところの人間には、意志と意志の傾向あるのみであつて、決して固定したものではない、自己とか個性とかいふものは、流動物である、自らそれを推し進めて完成すべき性質のもので、そして生きてゐる間——精神的活動のやまぬ間は形を備へぬものである、と私は思ひます、そして、前に申上げた自己の生活の改善、統一、徹底といふことは、やがて自己を造るといふではありますまいか」

もっともこれ自身は、すでに停滞し弛緩する傾向にあった自然主義にたいする（すくなくとも啄木の目にはそう映じていた）、啄木自身の幻滅をくみ込んだ、ひとつの反措定の性格をもって書かれたものであった。自然主義がもたらすはずだった自我の拡充と現実との相克の結果は、つづまるところ孤立と無解決、言葉をかえれば、啄木三度目の上京以来わずか二年足らずのあいだに、長谷川天渓の言葉を借りれば、「傍観者として現実社会に立つ」（所謂余裕派小説の価値）ところで、天渓のいう傍観者の内実化も図れぬまま、現実社会だけを矮小化しつつ、完全に足踏みしていた。つまり、啄木の態度には、この社会のきびしい現実から眼差しを閉じることで命脈を保とうとする自然主義にたいする、あるいは、真正面から現実に対峙することを放棄したその限界にたいする、きびしい批判がこめられている。三度目の上京をはたしたとき見た自然主義は、そんなことではなかったはずだった。

「自然主義は勝つた。確かに勝つた。然し今其反動として多少ロマンチックな作にあこがれて居る人は決して少くない。けれども此反動は自然主義の根本に対する反動では無くて（僕の見る所では）唯自然主義が余りに平凡事のみを尊重する傾向に対する反動だ。今は恰度自然主義が第二期に移る所だ。乃ち破壊時代が過ぎて、これから自然主義が生んだ時代の新運動が、建設的の時代に入る。僕は実際よい時に出て来たよ」

上京後二週間ほどたった明治四十一年五月七日付吉野章三あて書簡の一節である。

自然主義の自然とは、もともと世俗や社会の因習や抑圧に対決して、人工とは逆の、ありのままの人間存在の根柢的な復活をこころみた、解放的な内的な世界構築を目指すはずのものではなかったか、すくなくともそのときの啄木には、そんなふうに映ったはずのものであった。

だが、大島経男あて書簡の一ヶ月前の「スバル」一巻十二号に書いた、「きれぎれに心に浮

んだ感じと回想」のなかで啄木は、

「長谷川天渓氏は、嘗て其の自然主義の立場から「国家」といふ問題を取扱った時に、一見無雑作に見える苦しい胡麻化しを試みた。（と私は信ずる。）謂ふが如く、自然主義者は何の理想も解決も要求せず、在るが儘を在るが儘に見るが故に、秋豪《しうがう》も国家の存在と抵触する事がないのならば、其所謂《いはゆる》旧道徳の虚偽に対して戦った勇敢な戦も、遂に同じ理由から名の無い戦になりはしないか。従来及び現在の世界を観察するに当つて、道徳の性質及び発達を国家といふ組織から分離して考へる事は、極めて明白な誤謬である――寧ろ、日本人に最も特有なる卑怯である」とまで書きとめた。

しかし、そのことに深入りすることは、いまはさておく。かわりに年譜をすこし追っておく。明治四十一年、四月、上京、与謝野寛・晶子夫妻に再会。五月、与謝野寛に連れられて森鷗外宅の観潮楼歌会に出席、この頃から六月にかけて「菊地君」「病院の窓」ら五つの作品三百余枚の原稿を書き、売り込みに奔走するが失敗、しだいに生活に困窮する。その一方で歌興とみに湧き、一晩に百四十一首をつくったのは六月二十五日であった。「東海の小島」「たはむれに母を背負ひて」などはこの時期であり、「噫、死なうか」と日記に書いたのは六月二十七日であった。十一月、新詩社同人栗原古城の紹介で東京毎日新聞に小説「島影」を連載。十一月、「明星」百号で終刊。

明治四十二年、一月、「スバル」創刊、啄木は発行名義人となり、二号では編集担当。三月、朝日新聞校正係となる。四月三日よりローマ字日記、六月、家族上京。十月、妻節子、書き置きをして盛岡の実家へ帰る。姑との確執が原因。

明治四十三年、三月から二葉亭全集にかかわる。四月、歌集『仕事の後』の編集終わるが、春陽堂からの出版ならず。六月、「大逆事件」の報道開始。啄木は烈しい衝撃を受ける。「六月―幸徳秋水等陰謀事件発覚し、予の思想に一大事件ありたり」(日記)。八月、「時代閉塞の現状」執筆。九月、朝日歌壇選者となる。十月四日、長男眞一出生するが二十七日死去。十二日、処女歌集『一握の砂』刊。

この間、明治四十二年一月には、観潮楼歌会にはじめて出席した茂吉と相見ている。

ここで、とりあえず気がついておかねばならない大事なことは、啄木が明治の晩年にあって、すでに一元的な原理主義や、さまざまな概念的なものの先行にたいして、どんな興味もしめさなくなっていることである。むしろ、時計が針を刻むときの一刻一刻が、それ自体が固有のひとつずつの現実であるかのような、精緻で多彩な変化こそを見出そうとつとめていた。しかもその変化を生み出すものが、内部の意識と外部世界との、拮抗した相互の関係にあることに着目し、一種の函数変化ともいうべき可変意志が、ごくふつうの実際的な行為のなかにまでおよぶことをかんがえていた。書く行為との関係は、こんなふうにして生まれたものとかんがえられる。個性すらも流動物であるといういいきりかたも、そのひとつにかぞえることができるだろう。啄木が書きつけた「意志と意志の傾向あるのみ」とは、もしイメージ状に置き換えるならば、矢印状をさすものにちがいない。方向だけが存在して、目的となるべき定点をもたないことである。誤解を怖れずにありていにいってしまえば、これはやってみなければわからないさ、と、いって、やることだけを誘い込むやりかたに、表面上はよく似ている。実際に啄木は、個人や個性だけを神話にする自然主義の理論に、この時期、飽きがきていたのはほんとうだった。デスペレートにも見えかねないのは、啄木がすでに相当の孤立を覚悟して語っているからだろうが、むろんそうではない。啄木は自然主義の運動を、明治の日本人が四十年の生活から編み出した、最初の哲学の萌芽であるとかんがえた人であった。そこから哲学の実行というテーマが引き出された。書く行為とはそのような、どこまでも原初的《プリミティブ》な混沌たる場処でなければならなかったろう。啄木はそうかんがえたにちがいなかった。この自然主義という哲学の萌芽がゆきつかねばならないところが、先の「きれぎれに心に浮かんだ感じと回想」の言葉でいえば、自然主義が、いわゆる旧道徳の虚偽にたいしてたたかったのがほんとうなら、その道徳を石垣にした、背後の聖地である国家にまで、矛先をむけなければならないのは当然ではないか、というところまでひきずり込まれる。世によく知られた、啄木の先駆的な洞察となるところであるが、この時期、啄木がかんがえたのは、自然主義をどこまで徹底させるかということであり、したがって矢印は自然主義の内部から醸成されていた。その一方で、たえず時代の波に洗われることによって新しく生みだされる、自分の内部の新しい函数を求めたのである。「自己とか個性とかいふものは、流動物である」という主張のなかには、自己とか個性とかによって、自己合理化をしている自然主義にたいする諧謔がこめられるが、同時にそれは、啄木にとっては、自己否定の契機たりうるものとしてあった。

啄木は、時代によって生み出される傾向（経路）を、折々の現実として丹念にひろいあげ、そこに考察する自己を置こうとしたのだった。湾曲型思考とでも、さしあたってよんでおいていいだろう。これは、長谷川天渓が自然主義に適用させようとした、自覚的現実主義としてのプラグマティズムを、無意識のうちに、逆手にとったものともかんがえられる。天渓の主張は、「これ自覚的現実主義にして、其の哲学界に現れたる最近の形式はプラグマティズム（実際主義或は人間本位主義と譯すべきか）にして、文芸界に表れたるは自然主義なり」（「現実暴露の悲哀」）というにとどまっていた。ここで自覚的現実主義とは、幻像的理想の消滅したあとにやってきた「無辺無涯なり、其の生滅変化の相また無限」なはずの現実界に相渉ることを指している。醜陋、鎖末、非理想的、非芸術的、反道徳的、肉的、性欲的であることが、なにも面白いのではなく、そこにこそいつわらぬ現実をみとめるがゆえに描くのであり、「欧大陸に於ける自然主義の潮流を見よ、其の背景は沈痛なる幻滅並びに無解決の悲哀にあらずや」というのが天渓の自然主義であった。
ここで啄木のかんがえる過程論（または非固定論）のなかに、ウイリアム・ジェイムズのいう、一種の自由意志的な決定論が、現実の諸経験のうちからつむぎ出されてくる。むろん、啄木が自覚したプラグマティストであったことは一度もなかった。これは後代の私が見る、気侭な眼差しによる、身勝手な類推にすぎない。逸脱しないかぎりふれておきたい。ジェイムズは二十世紀はじめ、エディンバラ大学でおこなった「ギフォード講座」のはじめで、つぎのようなことをのべた。
「もし一つの事物をほんとうに知ろうと思うならば、私達は事物を、それを取り巻くものの内部に入って見るとともに、その外部からも見なければならない。そして、その事物の変異態の全範囲を熟知しなければならない」（舛田啓三郎訳『宗教的経験の諸相』）
ジェイムズが日本の思想家の注目を引いたのは、日露戦争の直後であった。のち、プラグマティズムを切り拓いたパース、ジェイムズ、デューイの三人のうち、マルクス主義に対応する社会性を契機にして、第二次大戦後はアメリカ占領下の教育政策を通じて、デューイがもっとも馴染まれたのにたいし、実存主義に対応する主体性なしに宗教性を契機にしたジェイムズは、デューイほどには関心を惹かれなかった。私がいま引いた箇所も、このあとすぐ、幻覚症状の研究の説明になり、私の引用のしかたは、とりようによってはまぎらわしいし、誤解を受けるもとともなりかねない。そのこともあって遺稿となった『哲学の根本問題』のなかから、いまひとつ数行だけ引いておきたい。文中に出てくる「多即一」は、ジェイムズに深い共感をしめした西田幾多郎が、のちしばしば用いた言葉である。

「知覚と概念の重要な相違点は、知覚が連続的で概念が不連続であるという点だ。もっとも、概念はその存在においては不連続的ではない。なぜなら、行為としての概念作用は、連続的な感覚の流れの一部にほかならぬから。ただ、概念のもつそれぞれの意味において、たがいに不連続なのである。ひとつびとつの概念はそれぞれ別個の意味をもっており、それ以外の意味をもたない。したがって、概念を用いるとき、これを意味しているのか、それともあれを意味しているのか、ということが分からなければ、その概念は不完全だということになる。これに反して、知覚の流れは、それだけでは何ものをも意味しない。それはただ存在しているにすぎない。この知覚の流れを、いかにこまかく寸断してみても、それはつねに多即一であり、概念作用によって、そこから無数の側面や特徴を選びだし、分離し、それに意味を与えることができる」（上山春平訳）

むき出しの感覚生活とは、「百花繚乱のなかを昆虫がぶんぶん飛び交《か》っているという状態を大規模にしたような混乱状態」であらわされるだろうと、ジェイムズは説いている。それが「多即一」のすがたであり、それは矛盾ではなく、それ自体がひとつのシステムであるかのように、ジェイムズは説明している。啄木は自然主義についてまわっている強力な概念操作をとっぱらってしまわなければならないとかんがえた。人間の理想を固定させず、時々刻々の自分の内外の生活を豊富にし、拡張し、つねにそれを統一し、徹底し、改善させていくことがたいせつなことだった。それが啄木がかんがえた実行、具体的なことの実質だった。「遠い理想のみを持つて自ら現在の生活を直視することの出来ぬ人は哀れな人です」（前出、大島簡）として、かつて自分も参加したり、影響を受けたはずの、古い浪漫主義や象徴主義を否定した。同じように、「然し現実に面相接して、其処に一切の人間の可能性を忘却する人も亦憐な人でなければなりません」（同）として、自然主義の現在をも否定した。

飛躍するが、明治四十四年に書かれた「はてしなき議論の後」の、各連の終行にルフランする、

されど、誰一人、握りしめたる拳に卓をたたきて、
'V NARÓD!' と叫び出づるものなし。

の内実をさすものは、私は自然主義だと思っている。啄木は自然主義に多くのものを期待し、かつもっとも鋭く失望せられたものの一人だった。だからといって、啄木が窮極、明日への考

察という命題提示にとどまって、表現論をもちえなかったことについて、私は性急になるべきではないと思っている。くりかえすようだが、「ローマ字日記」は、やはり強いその例となろう。もし、妻に、それを読ませたくないからだけであれば、他の日記のなかに出てくる、小奴との交情や、貞子という女のことは、もっとぐあいがわるいのではないか。それだけで、「ローマ字日記」には、見えない表現上のモティフが、隠されていると見なければならないだろう。ジェイムズの経験的態度は、多様性から対象を彫り出すことによって、概念は最後にあたえられることになる。啄木の湾曲型思考とは、同じように、撓んだ長いコースに立つことによって、すこしずつ前方にすすめば、地平線や水平線もすこしずつ彼方へ移動するように（距離はかわらない）、すこしずつ歩むことによって、それまで見えなかった関係も、やはりすこしずつ見えてくるという態になるものであった。この一気に前方が見渡せないという一点において、直線型思考とは、決定的に姿を異なっている。長谷川天渓は、自然主義にたいして、幻滅の悲哀と現実暴露の苦痛をもって、「所謂自然主義の文学なり」と説いたが、このような決定論的な因子（直線型思考）の前に、プラグマティズムの本来の方法論が、影を薄くするのもやむをえない。

さて、このようにして、啄木が採用しようとした、書く行為の場における経験的現実をとことん重視しようとする態度とは、その湾曲型思考がしめすように、一歩前進すれば、同じように一歩分の距離だけ、前方の状況が見えはじめるというふうに、一種の尨大な時間の断片的連合による、永久の累積のうえに築かれるという態のものであった。それをみちびいたものは、彼を生涯苦しめた困窮した生活と、ついに満足をえられることのなかった小説であった。というような韜晦したいいまわしはよくないかもしれない。生活のはてしない困窮と挫折した散文！　その苛酷によく耐えて、彼の内面に終始貼りついて、その変化を目撃し吸収したのが歌であった。「目を移して、死んだもの、やうに畳の上に投げ出されてある人形を見た。歌は私の悲しい玩具《おもちゃ》である」という「歌のいろいろ」の終行は、本音を晒した、ほとんど哀音に近いフレーズであるが、それにいたるまでには、歌と生活にかかわるぎりぎりの心中が、手ざわるように告げられていて興味深い。歌はこのとき、まぎれもなく意識された生命活動になっていた。悲しい玩具であるというのは、それ自体が営みの一様式だったといってよい。ここでは、可能なかぎりの呪縛を語ったものともいいうるが、同時にそれは、啄木にとっては、自然主義から逸脱するための、書く行為をめぐる具体的な生活として存在した。

「……我々は既に一首の歌を一行に書き下すことに或不便、或不自然を感じて来た。其処《そこ》でこれは歌それ〴〵の調子に依つて、或歌は二行に或歌は三行に書くことにすれば可い。よしそれが歌の調子そのものを破ると言はれるにしてからが、その在来の調子それ自身が我々の感情にしつくりそぐはなくなつて来たのであれば、何も遠慮をする必要がないのだ。三十一文字といふ制限が不便な場合にはどし／＼字あまりもやるべきである。又歌ふべき内容にしても、これは歌らしくないとか歌にならないとかいふ勝手な拘束を罷めてしまつて、何に限らず歌ひたいと思つた事は自由に歌へば可い。かうしてさへ行けば、忙しい生活の間に心に浮んでは消えてゆく刹那々々の感じを愛惜する心が人間にある限り、歌といふものは滅びない。……○こんな事を考へて、恰度秒針が一回転する程の間、私は凝然《ぢつ》としてゐた。さうして自分の心が次第々々に暗くなつて行くことを感じた。——私の不便を感じてゐるのは歌を一行に書き下す事ばかりではないのである。しかも私自身が現在に於て意のまゝに改め得るもの、改め得べきものは、僅にこの机の上の置時計や硯箱やインキ壺の位置と、それから歌ぐらゐなものである」（「歌のいろいろ」）

ここで「忙しい生活の間に心に浮んでは消えてゆく刹那々々」は、字面から感じとれるほど、甘く感傷的なものでは決してない。他で「おれはその一秒がいとしい」とのべているが、同じ内容として、そのまま、「意志と意志の傾向」に通底するものとかんがえてよい。

注目すべきことは、ここで啄木は、定型としての歌を、ほとんど解体の瀬戸ぎわまで追いつめていることである。すでにのべたとおり、詩歌における自然主義は、口語自由詩の抬頭として実現した。「弓町より——食ふべき詩」で「思想と文学との両分野に跨つて起つた著明な新らしい運動の声は、食を求めて北へ北へと走つて行く私の耳にも響かずにはゐなかつた」と回想したとき、すぐつづけて啄木は書きとめた。

「詩が内容の上にも形式の上にも長い間の因襲を蟬脱《せんだつ》して自由を求め、用語を現代日常の言葉から選ぼうとした新らしい努力に対しても、無論私は反対すべき何の理由も有《も》たなかつた。「無論さうあるべきである。」さう私は心に思つた」

ここには、若い啄木の眼差しに映し出された、初々しい自然主義を見ることができる。だが、このエッセイ（明治四十二年秋稿）では、「詩は所謂詩であつては可けない。人間の感情生活（もつと適当な言葉もあらうと思ふが）の変化の厳密なる報告、正直な日記でなければならぬ。従つて断片的でなければならぬ。——まとまりがあつてはならぬ」と、書いただけで、方法論に入る目安を示さなかった啄木は、その後、『一握の砂』を編集する過程で、生活意識の内面化を通じて、生活と直接あいわたる言葉の獲得を目指し、そのために生じる定型の解体を辞せぬ態度を生み出しえたといいうる。

大事なことは、ここで啄木が、歌（定型）にむけて生活意識を上昇させたのではなく、生活意識にむけて、逆に表現を下降させようとしたことである。そのとき、啄木をとりかこんでいる内部のリアリティとは、つぎのようにしてもたらされるものであった。「恰度秒針が一回転する程の間、私は凝然《ぢつ》としてゐた」。

実際にはたった一分間のことであるが、記述をめぐる効果の、湾曲的な描き方は、すでに啄木固有のものである。啄木の刹那刹那は、こんなふうに時間軸をめぐる耀きを抜いては了解しがたい。抒情的であるよりも思索的であり、経験を累積させるものとして、それらははじめから存在した。またあらためうべきものとしての、机のうえの硯箱やインキ壺と等価に置かれている、明日への考察の内実を思ってみるのもよいかもしれない。等価とは、もちろんここでは比喩を通じて成り立つものであるが、実際に啄木は、そこから半歩も目をそらすことはなかったのである。書く行為にこだわるとは、硯箱やインキ壺を真剣に見つめる眼差しをおいてはない。そこに、すべては浮かび消える。それもまた原初的なもののひとつであろう。

六　初期茂吉の歌論

『赤光』の時代に重ねて、いますこし、この時期の茂吉の歌についての考えをたどっておきたい。

茂吉がはじめて伊藤左千夫を本所茅場町の家に訪ねたのは明治三十九年三月のことであるから、それから二年のちの「アララギ」創刊以後、左千夫の選をえずに作品を発表しはじめた四十三年夏から、四十四年「アララギ」編集担当になって、四十五年にいたる過程である。一方ではこの時期は、東京帝大医科大学医学科を卒業して、附属病院さらには東京府巣鴨病院医員を嘱託せられる時期に重なるから、見るからに多忙であったろうと思うが、にもかかわらず茂吉は、体系的なものはともかく、すでに相当の歌論も書きはじめている。茂吉にとって（結果的に）僥倖であったのは、当時、香取秀眞、結城素明、岡麓、蕨眞、長塚節ら子規派の面々がいたとはいえ、まだ片々とした影響力しかもちえなかった左千夫を訪ね、その門にくわわったことであった。おまけに左千夫は牛乳搾取業を営む生活者であり、村夫子然として、応揚なタイプであったから、その点でも、茂吉は恵まれたといってよいだろう。このあたり少々迂回気味になるが、山上次郎の評伝『斎藤茂吉の生涯』のなかに、子規門下の赤木格堂の「創業の難」(「アララギ」昭和八年一月号)という文章の一部が引いてあるので、そのままここに紹介しておきたい。

「先師(子規)没後の事は多く語るに忍びない。同人殆ど意気消沈、自暴自棄の風であった。此の間にありて一人左千夫のみは、意気軒昂早くも回天の志を立て、或は同盟を激励し、或は新鋭を鼓舞し、孜々として後図を策するに急であった。苦心空しからず、其翌年に至りて、始めて積年の宿志を実現したのが、即ちアララギの前身「馬酔木《あしび》」であった」

この「馬酔木」をはじめて読み、茂吉は左千夫に会いに行ったのだった。茂吉にこの二つのきっかけをあたえたのは、渡邊幸吉(草童)という開成中学時代の親友であった。というより、歌のうえでは彼が先輩で、句誌の「ホトトギス」なども彼を通じて知った。このことも山上次郎の評伝にくわしいが、ここは茂吉の「思出す事ども」から直接肉声として聞いておきたい。「渡邊草童君は中学校で同窓の友である。草童君は、中学校に居る時分から、日本新聞の愛読者で、新らしい俳人として、それから根岸派の歌の理解者として一家の見を有つてゐた。僕はある時、『僕は近ごろ歌を作りはじめた。そして根岸派の歌流である』といふやうな意味の手紙をやつた。さうすると草童君は非常に賛成して、そして僕の歌を批評し或るものは褒めて呉れた。ここではじめて僕は自分の指導者を得たやうな心持になつて、歌稿を送つて批評してもらふ。新刊のアシビを送つて分からないところを説明してもらふといふ風であつた。草童君の指導によつて、僕の目は少しづつ開いて来た。」

左千夫訪問後の茂吉は、左千夫を頻繁に訪ねて歌稿を見てもらうようになるのであるが、その熱の入れ方も子規への畏敬も、左千夫を深く満足させるものだったろう。左千夫は結局、独りよがりで一徹な性格が災いして、根岸派のメンバーでは長塚節ひとりを除いてほかの歌人たちはほとんど彼に叛き、「アララギ」になってからは、今度は茂吉、古泉千樫、中村憲吉、土屋文明らの若い門人たちとも論争をくり返して対立することになるが、性格的には、私は茂吉も、そんな左千夫に近いものがあったと思う。その頑固さは初期歌論のうちにすでに色濃くあらわれている。その例は、総じて歌壇時評的な体裁をとっているせいもあろうが、早くから論争形式（喧嘩腰）をとっていることだ。万葉の歌と子規を楯にとって、そこでは、「和歌革新の根本衝動は実に斬る月並思想公卿思想の打破にある」と、すこぶる党派的である。ただし、その態度は具体的かつ緻密で、これはのちの茂吉にそっくり引き継がれる。

そのなかで、啄木に言及したのは、私の知るかぎりでは、「アララギ」明治四十四年三月号の「短歌研究」というエッセイ中の、土岐哀果の、

焼跡の煉瓦のうへに、
小便をすれば、しみじみ、
秋の気がする。

に言及したのが最初ではなかったろうか。

ここでも茂吉は、現代のいわゆる歌人のなかには、天分の豊かさということを一種の誇りとして、幼稚な、力なき、浅薄な、作歌するときに都合のよさそうな空想をもってきて、手先ばかりでこしらえる一群があると、名指しをしないまでも（おそらくは「スバル」の歌人たちを指しているのであろう）、かなり痛罵に近い発言からはじめている。そのうえで、「さりながら私等は絶対に空想《ファンタスチッシュ》的な歌を排除するものではない。只実際に動ける感情より出発したる、それと密接の関係ある、乃至作者の気分境遇年齢云々等と甚だ親しい関係を持つて居る所の、深くして力ある空想《ファンタジー》を尊ぶのである」（「他流歌合評の中」）とのべる。

ようするに実感に即した空想ならよいということであろうか。そのうえで茂吉は、哀果のこの時期（ローマ字綴り、三行書きの第一詩集『NAKIWARAI』を前年に出していた）の運動を、「かかる一部の歌人に反抗して立つた現象に思へる」とし、かつ実感を歌う歌人と称されているとしながら、この歌についてはきびしい論評を試みる。

「この歌を読んで感ずる事は、反抗せむ、新を建てむ、破壊せむ、といふ故意の心持がありありと見えるといふことである。作者は専念一向に自己を表現せむと欲するよりは、一仕事をなさむとする事業的念慮が先にある。」

「世間の一評家は氏の歌を俳諧的歌だと言つた。俗語を用ゐてある事、事柄が卑近である事、一首の色調は機智的であつて、一種気が利いて居る点などが、所謂俳諧歌の名称を得た所以であつたのであらう。つまり作者は実際に会著して強烈に感じた事を正直に表現せむとするよりも、寧ろ面白い事を見付けたと云つた様な調子に、手軽く無造作に、文字を借りて――或時は羅馬綴りなどにて――表はしてしまうのである。」

以下、いかにも細々《こまごま》としているので省くとして、そのあとへ、余談ではあるがと前置しつつ啄木へ言及する。

「石川啄木氏は「小便といふ言葉が不意に飛び出して来てその保守的な既成概念の袖にむづと嚙み着いたのだ」と言つて居るが、私等はそれ程迄幼稚ではない。小便といふ文字は古代漢方医学書には屢《たびたび》出て来る文字である。……又私の如きは既に六年前早稲田の竹林に小便した歌を詠んで居る。小便などといふ文字に驚くほど幼稚ではない。啄木氏は氏の程度を以つて全般を律しようとするから、その馬脚が暴露するのである」

茂吉が対象にしたのは、啄木が明治四十三年十二月十日から二十日まで「東京朝日新聞」に五回連載した「歌のいろいろ」の四回目で、ここで哀果の歌を点描したことが、啄木と哀果を結びつける動機になったのであるが、そのときのエッセイである。ここで啄木はこうのべた。「土岐哀果君が十一月の「創作」に発表した三十何首の歌は、この人がこれまで人の褒貶《ほうへん》を度外に置いて一人で開拓して来た新しい畑に、漸《やうや》く楽しい秋の近づいて来てゐることを思はせるものであつた。その中に、

焼《やけ》あとの煉瓦《れんぐわ》の上に
syoben をすればしみじみ
　秋の気がする

といふ一首があつた。好《い》い歌だと私は思つた。（小便といふ言葉だけを態々《わざわざ》羅馬字《ローマじ》で書いたのは、作者の意味では多分この言葉を在来の漢字で書いた時に伴つて来る悪い連想を拒む為であらうが、私はそんな事をする必要はあるまいと思ふ。）」

ついでながら、私が先に引いた同じ歌は明治四十五年二月刊の『黄昏に』に拠っている。ここでは語らぬが、この手入れについても注目してほしい。

さて、茂吉の指摘だが、啄木はこの稿を、「うつかりしながら家《うち》の前まで歩いて来た時、出し抜けに飼ひ犬に飛着かれて、「あゝ喫驚《びつくり》した。この畜生!」と思はず知らず口に出す——といふやうな例はよく有ることだ」と書きはじめた。そして今紹介した引用におよび、そのあと、この歌を引いて、哀果の歌風を罵《のの》しっている雑誌があるということを聞いたといって、意外としたうえで、こう書いた。

「評者は何故この鋭い実感を承認することが出来なかつたであらうか。さう考へた時、私は前に言つた「こん畜生」の場合を思ひ合せぬ訳に行かなかつた。評者は屹度歌といふものに就いて或狭い既成概念を有《も》つてる人に違ひない。自ら新しい歌の鑑賞家を以て生じてゐ乍ら、何時となく歌は斯うぃふもの、斯くあるべきものといふ保守的な概念を形成《かたちづく》つてさうしてそれに捉はれてゐる人に違ひない。其処へ生垣の隙間から飼犬の飛び出したやうに、小便といふ言葉が不意に飛び出してきて、その保守的な、苟安《こうあん》的な既成概念の袖にむづと嚙み着いたのだ」

苟安=一時の安楽をむさぼること、いっすんのがれ。当座のがれ。読めばわかるとおり、ここで啄木がいったのは、この歌を引いて哀果の歌風をののしった苟安的既成概念の主にいったのであって、小便という語彙が新しいとか古いとかいっているのではない。この頃の啄木のエッセイのスタイルは、当時としては他にほとんど類例がないほど柔軟で歯切れもよく、ここでも話題はここからは哀果を離れ、文明時評へと移っていく。歴史を尊重するのはよい。しかしその尊重を逆に将来に向って維持しようとして、一切の「驚くべき事」を禁じ手とするなら、日本がかつて議会を開いたことすらが、国体とぶつかることになるではないかというのである。そして、「我々の歌の形式は万葉以前から在ったものである。然し我々の今日の歌は何処までも我々の今日《こんにち》の歌である。我々の明日《みょうにち》の歌も矢つ張り何処までも我々の明日の歌でなくてはならぬ」とのべ、二行書き三行書きもよし、字あまりもどしどしやるべきであるという方向へすすんだ。

万葉のますらお歌をベースに子規の写生を組み合わせることで成立した、現実主義的万葉調の歌風を絶対値とする若い茂吉にとって、啄木の展開するエッセイのスタイルそのものが、すでに容認しがたいものであったろう。というよりも理解しがたいものであったろう。ようするに啄木は、保守的な既成概念しかもたない人にとって、哀果の小便はむづと嚙みつかれるほどびっくりしたろうといっただけで、啄木は驚かぬ（あたりまえのこと）といったのである。

それにしても哀果のこの歌にたいする、「反抗せむ、新を建てむ、破壊せむ、といふ故意の心持がありありと見える」とはどういうことであろうか。哀果はこれに先立って明治四十三年二十六歳の年に『NAKIWARAI』という、ローマ字三行書きの歌集を出し、茂吉は、「神経がいかにも生新で、こまかく顫《ふる》えており、物の捉え方もてきぱきとして、なるほど都会人の青年の歌という感じを受ける」ともいっているから、哀果を否定形ばかりで見ているとはいいがたい。だが一首読みの批評としてはこのばあいの茂吉は乱暴である。ここでは哀果は実感の表現を目指し、歌らしい意匠はなるべく捨て去ろうとして、それを用語にもはたらきかけ、それがsyobenになったにすぎないのである。どこがそれが反抗とか破壊に見えるのだろう。もしそれが哀果の歌風にたいする批評だとしたら、これは明らかに過剰であり、党派的でさえある。啄木の言葉でいえば、「歴史を尊重するは好い。然しその尊重を逆に将来に向かつてまで維持しようとして一切の「驚くべき事」に手を以て蓋をする時」の保守主義者になりかねない（驚くべき事に蓋をしなかったことによって『赤光』が誕生したことに思いを馳せておくのもよいだろう）。

事実、若い茂吉はこの時期、まぎれもなく党派的であった。「萬葉の歌人は造句の工夫に意を用ゐし故に面白く後世の歌人は造句を工夫せずして寧ろ古句を襲用するを喜びし故に衰へたり」という子規の言葉を自戒として、現実主義的万葉調を絶対としつつ、その現実主義の一環としての造句をもたいせつな一要素としたのであるが、そんな茂吉の目からも、「小便などといふ文字に驚くほど幼稚ではない」ともいってみたかったのであろう。

それにしてもこの時期の茂吉は、すでに相当に気難かしげである。観察とか実感、客観化、空想という言葉なども、つかうには便利であるが内実となると一筋縄ではいかぬことは、今日の私たちにとっても同じである。「田螺の歌に就て」という明治四十年に書かれ、単行本には

収録されなかった評論がある。ここで茂吉は、

田圃道田螺の声の細々とききつつゆけば月山に入る
田螺なく深田の畔に積む藁の藁のかげにも田螺なきてゐぬ
三日月のかそけく照れる小山田のゆうべ淋しく田螺なくかも
尼寺の月をよろしみ門田にも蚯蚓田螺が交々に鳴く

と、田螺の作を並べたうえで、田螺が動揺したり、不自然であったり大袈裟であったりして、どうも面白くないと退けて、「この欠点を避ける唯一の方法は、態々でもよい、実地に田螺を見に出かける事である。半日も散歩したならば余程面白い光景を発見する事が出来よう。かくの如くにして初めて、自己の印象なり、自己のムードなりの出た立派な、前人を踏襲し無い新らしい自己の歌が出来ると信ずる」とのべる。

茂吉はここでは田螺という題詠歌の選者をつとめていたようで、

大空に彗星出て風吹けど田にしの子らは世にかかはらず

という左千夫の歌なども、所謂思想の遊戯であってほとんど読むに堪えないといって採っていない。ここで思想の遊戯とは観念の遊戯ということであろう。また、空想ということも、「なるべく田螺に向つてしみじみと感じてから如何様にも空想して貰ひ度い」とのべているように、写生をともなわない、写生による実体化をえない表現法を指すとかんがえてよいだろう。この点、ここを凝視の態度とすれば、今日の私たちには見えやすい。実地に田螺を見に出かけるということも、そこで自分の内面と対決しつつ実体化しなさいということであれば、茂吉の望んでいることが自己表現（自己表出としての言語化）としての田螺の実現であることがわかり、ごく自然に納得もいくからである。

いずれにしても「アララギ」の歌風とは、子規の短歌革新運動を源流として万葉集的現実主義に立とうとする運動であった。というより、子規と万葉をバイブルとしつつも、子規没後擬古主義に傾いた時期もあり、その再生（近代化）にむけて、もっともラジカルに先導したひとりが若い茂吉であった、といってよかった。そこには左千夫を中心としながらも古泉千樫や茂吉ら若いメンバーが編集したという、結社誌としてはこの時代にはまだめずらしい部類に属した、誌運営としての近代化もあったろう。

ただ、この時期の茂吉をたどるかぎり、「本邦自然主義の運動が、早稲田文学、文章世界あたりを中心として勃興したのに、歌壇の人々も影響を受けて、スバル一派の歌に向つて反抗の気焔をあぐるに至つた」(『明治大正和歌史』)とのちに語った茂吉が、本邦自然主義をどう具体的に把握していたかはわかりにくい。文脈的には、スバル一派の歌に向って反抗の気焔をあげていたとするほうへウェイトをかけるほうが、はるかにわかりやすい。

ようするにこの時期の茂吉は、子規のいう、「歌を一番善いと申すは固《もと》より理窟も無き事にて一番善い訳は毫《ごう》も無之候。俳句には俳句の長所あり、支那の詩には支那の詩の長所あり、西洋の詩には西洋の詩の長所あり、戯曲院本には戯曲院本の長所あり、其長所は固より和歌の及ぶ所にあらず候。理窟は別とした処で、一体歌よみは和歌を一番善い者と考へた上でどうする積りにや」(『歌よみに与ふる書』)にこめられた、理窟なき歌、歌のみがいちばん善いものにあらずの二点に、意識的に固執していたと私は思う。先の田螺に話をもどせば、思想の遊戯とか、上《うわ》の空《そら》の空想を嫌う態度は、子規のいう理窟に属し、歌以外に関心を示さないのは、ジャンル同士の優劣を誇ってみてもどうするかという子規のかんがえを、茂吉流に純化(普遍化)したからである。こうなると関心は歌同士の葛藤に移り、ある種の近親憎悪の相貌をも帯びることになる。多少飛躍になるが、大正二年から「アララギ」が会員組織となり、会員の作品だけを掲載するようになったのも、この種の背景がかんがえられる。

ここでまた余談風になるが、明治四十年三月から三年にわたって森鷗外邸でおこなわれた、超結社の歌会であった観潮楼歌会も、少々覗いておくほうがよいかもしれない。これは、もともと鷗外の招きに応じて、「新詩社」から与謝野寛、「アララギ」から左千夫、第三者として「心の花」の佐佐木信綱の四人で開かれたものであった。鷗外自身、「其頃雑誌あららぎと明星とが参商の如くに相隔たつてゐるのを見て、私は二つのものを接近せしめようと思つて、双方を代表すべき作者を観潮楼に請待した」(「『沙羅の木』の序」)と仕掛け人であったことを告げている。

啄木が与謝野寛に連れられてはじめて参加したのは明治四十一年五月二日のこと。函館の宮崎郁雨の元に家族を残し、「今度の上京は、小生の文学的運命を極度まで試験する決心に候」(向井永太郎宛五月五日書簡)と親しい友人にも覚悟を告げて上京、新詩社に入って四日目のことであった。この日は平野万里、吉井勇、北原白秋に啄木をくわえ主客にあわせて八人であった。ついでながら、啄木日記から左千夫のようすを探ると面白い。この日、角、逃ぐ、とる、壁、鳴の五字を結んで一人五首の運座。採点の結果は、鷗外十五点、万里十四点、啄木と寛、吉井勇各々十二点、白秋七点、信綱五点、左千夫四点。「左千夫は所謂根岸派の歌人で、近頃一種の野趣ある小説をかき出したが、風采はマルデ田舎の村長様みたいで、随分ソソッカしい男だ。年は三十七八にもならう」と、啄木は初対面の印象を書きつけた。

十一月七日の会では、古泉千樫と平出修がくわわって十人になっている。

「伊藤君が、今日の歌には巫山戯たのがあると憤慨した。平野君がそれを駁した。与謝野氏は傍から、伊藤君は初め僕らに無邪気の趣味がないと言つた事があるが、今日では、僕らは伊藤君を学んでそれ以上に巧くなつたのだと揶揄した。

佐々木君の歌には、大胆に新詩社風（?）なのがあつた。〝今夜は佐々木さんの放れ業を拝見した〟と与謝野氏だつたか森氏だつたか言ふと、〝左様じゃありませんが、会の時は矢張可成選ばれる歌を作つた方がようござんすからな〟と言つた。皆この告白に笑はされた」

この十一月七日は、参加者のそれぞれにとって、微妙なタイミングをもった日付だったといえよう。二日前の五日には「明星」百号をもって終刊。啄木は六日の日記に「あはれ、前後九年の間、詩壇の重鎮として、そして予自身もその戦士の一人として、与謝野氏が社会と戦つた明星は、遂に今日を以て終刊号を出した。巻頭の謝評には涙が籠つてゐる」と書きとめた。この日寛の依頼で啄木は朝早く明治書院におもむいて最後の発送を手伝っている。それに先立って十月には、こちらは蕨眞を発行人に、左千夫を中心にした「アララギ」が創刊された。これは「馬酔木」終刊のあと、同派の三井甲之らの「アカネ」とも袂を別《わか》った、「馬酔木」末期に参加した若いメンバーを中心にしたグループで、短歌の骨髄を求める根岸派の作風を標榜する運動であった。一方、十二月には木下杢太郎、白秋、啄木ら「スバル」の詩人と山本鼎、石井柏亭ら「方寸」の美術家たちによる「パンの会」が、翌年一月には新浪漫主義を掲げて「スバル」創刊、啄木は発行名義人になった。この歌会に集まった人びとを中心に歌壇は激しく動いていたのであった。そんななかの観潮楼歌会であったが、顔ぶれからかんがえて、雰囲気が新派に傾くのはやむをえなかった。そのなかで左千夫ひとりむきになり、敵意もあらわにしている。

茂吉がこの会にはじめて出席したのは翌年の一月九日。この日は上田敏、杢太郎も顔を見せていたが、茂吉にとっては鷗外をふくめて、左千夫、千樫を除くすべての人びとが初対面であった。この茂吉から見た歌会の模様は、茂吉の「森鷗外と伊藤左千夫」に見ることができる。それによると、左千夫が茂吉を連れて行ったのは、歌会では互選をするので、どうしても左千夫側に点数が足りないからであった。夕餐にはかならず酒が出て、左千夫はときどきいい気持になり、無遠慮に語り出す主なひとりであった。

「鷗外先生は、当時の一般からは殆ど顧みられない左千夫先生の歌風をも顧慮せられて、佐佐木信綱、与謝野寛の二大家と同格にして請待せられたのも先生の見識を見ることが出来、席上では、左千夫先生は歌に技巧を排撃する議論を連発し、田安宗武の歌と僧良寛の歌を日本新聞紙上にのせて、ヒネクリ、コネクリを排したのは、暗に与謝野氏一派の技巧派を排撃して、これを鷗外先生にも示すつもりであつたことは極めて明瞭である」

観潮楼歌会は二十六回で幕を閉じた。茂吉のいうとおり、鷗外の目指した両派の融合というような顯象としては目立ってはあらわれなかった。だが潜流としてはもっと働きかけるものがあったと考えるべきであると、これも茂吉の言であるが、事実、そうだったろうと私も思う。鷗外を知りえたことをふくめて、茂吉にとってもこの会の参加はまことに意義深いものになったはずであった。

七　啄木の謎

　ここで、北川透が『萩原朔太郎〈詩の原理〉論』でのべていることに、すこしふれておきたい。朔太郎に先立って、詩歌の世界では自然主義は、言文一致を経過しつつ無制限な口語自由詩の主張として実現したが、しかし、それが用語的革新の枠にとどまるかぎり、論理としていくら赤裸々な心の叫びを主張しても、詩の言葉は意識の即時性（自然性）をなぞるばかりで、歴史的必然というだけでは、かえって詩意識の拡散や通俗化に帰結してしまうのではないかとしたうえで、つぎのようにのべているからである。

「石川啄木の晩年の詩論は、この必然と拡散の危うさはざまに出現してきている。たとえば「弓町より――食ふべき詩」は、明治四十二年の暮れに発表されているが、これが《詩界に於ける自然主義》の圧倒的な影響下に書かれた詩論であることは言うまでもない。いや、論理としてだけ見れば、影響などということばを使うのがおこがましいほど、それは抱月や御風の考え方に包摂されている、とみなすことができる。しかし、啄木の独自性は、これが単に論理としての自然主義の主張にならなかったところにあるだろう。つまり、彼はかつての処女詩集『あこがれ』を中心とする、いわゆる〈象徴詩派〉の模倣に対する、いささか性急で短絡的な自己批判の痛みを内面化し、また、おのれの生活経験の深いところから、詩の根拠を探り当てるようにして、〈自然主義〉を肉体化しようとしたのである」

いうまでもなく大事なのはこの啄木の独自性であって、北川透はさらにことばを継いで、啄木のばあいは論理としては包摂されながらも、しかしその理念では収まりきれないなにものかをはみ出させていたのであって、それが生活意識の内面化のようなものであったろうとし、「しかし、啄木は、「食ふべき詩」における〈必要〉を、もういちどおのれの作品のことばを媒介することで、詩意識の側に返し、そこに表現論を組み立てる意志をついに持つことができなかった」とのべている。

文中のとおり、啄木が「食ふべき詩」を書いたのは、明治四十二年暮れのことであった。このあと、先に「啄木と自然主義」のところでのべた、大島経男宛書簡が続く。この間約一か月ほどのあいだであるが、ここでもういちど、この書簡のなかにある、「自己とか個性とかいふものは、流動物である、自らそれを推し進めて完成すべき性質のもので、そして生きてゐる間——精神的活動のやまむ間は形を備へぬものである」を思い出しておきたい。これを「食ふべき詩」の、「詩は所謂詩であつては可けない。人間の感情生活の変化の厳密なる報告、正直なる日記でなければならぬ」のライン上にかさねるとどうなるか。

　もともと、この「食ふべき詩」は、明治四十二年十一月という時点における二十三歳の啄木の、過ぎこしの日々にたいするみずからの反省と、自然主義への最後の希望を語るものであった。この時期は、「きれぎれに心に浮んだ感じと回想」「文学と政治」「一年間の回顧」「巻煙草」「性急な思想」など、啄木の思想の分野と文学の分野からの、ごくみじかい時間における、最後の希望を語ることから自然主義の現状にたいする批判に転じた、思想的論文の冴えた時期であり、「心の姿の研究」と題して東京毎日新聞に連載した五編の口語自由詩とともに、それから先二年半に満たぬ若い晩年を彩ることになる、啄木自身にとって大きなターニングポイントとなった時期であった。自然主義の現在を検証しつつ、その内面化をとおして、抗うべきものとしての国家の相貌がしだいに輪郭をとりはじめるのもこの時期で、自然主義の自滅による時代閉塞と敵の存在の意識は、大逆事件との遭遇に先立って、すでにこの時期に醸成しはじめたものであった。大逆事件は結果的には、啄木にその自然主義からの疎外を自覚させたのである。

　北川透のいう啄木の自然主義からのはみ出しとは、その枠組みをいますこし広げれば、こんなふうに、思想と文学の両分野にまたがるところからはじまったはみ出しだったと、とらえてもいいと思う。このとき啄木のあたまのなかにあったのは、「詩が内容の上にも形式の上にも長い間の因襲を蝉脱《せんだつ》して自由を求め」る新しい運動としての自然主義がすっかり尻すぼみしてしまったあとの、自然主義が中心においたはずの絶対自我（赤裸々な自己告白の主体としての自己あるいはあるがままをあるがままに見るというときの見ることのできる近代的自己）への懐疑であり、そこへ映し出されたのが、自己とか個性というものの流動性（変わりうるということ）と、みずからそれを推しすすめて完成すべきというかんがえであった。「時代閉塞の現状」にいたって、「斯くて今や我々青年は、此自滅の状態から脱出する為に、遂に其「敵」の存在を意識しなければならぬ時期に到達してゐる」とマニフェスト風に幻想化されるものであるが、表現論を組み立てる意志からみるかぎり、それがなおいっそうのはみ出し=逸脱に移るのはやむをえない。

といって、そこに、表現論への糸口がないというのではない。流動する自己とか個性とは、ようするに揺曳しつつ、たえず相対化し、変わりうる自己とか個性ということであろう。これは視点も対象もともに移動し変化するということでもある。このあたりはジェイムズを援用した「啄木と自然主義」とかさなるので、敷衍してもらったらありがたいが、ようするにあるがままをあるがままに見ることのできる不動の一点など信じていないということだ。だから、「人間の感情生活の変化の厳密なる報告、正直な日記でなければならぬ」といったあとにこうつけくわえたのであろう。「従つて断片的でなければならぬ。——まとまりがあつてはならぬ」。

その点では、北川透のいう「表現論を組み立てる意志をついに持つことができなかった」とは、このことを柱にしつつ、こちらは、表現論を組み立てる意志をついにもたなかった、ということになる。すくなくとも歌についてはそうだったと思う。そこで、三行分け歌集『一握の砂』が生まれる以前に、ほぼ口語自由詩として書かれた「心の姿の研究」が重要になろう。飛躍を怖れずにいえば、私はどうも、この時期の啄木の片隅には歌を捨てる意志が、かつてなくつよくはたらいていたような気がしてならない（それをかろうじて救い出したのが三行分けの表現法であった）からだ。

ここで、啄木が明治三十五年、十六歳のときはじめて短歌一首が「明星」に掲載されて以来、しかし実際には短歌よりも詩をたくさん書いて、それが十九歳の年に詩集『あこがれ』として実現したこと、明治四十一年の上京は、自分の文学的運命を極度にまで試験する目的のものであったが、その文学が示したものは詩でも短歌でもなく、じつに小説であったことに思いを馳せておかねばなるまい。

「食ふべき詩」はみずからの回想とともに啄木の自然主義への最後の希望を語るものであったが、同時にそのなかで告白した啄木の最初にあった希望の内実も忘れてはなるまい。「詩が内容の上にも形式の上にも長い間の因襲を蟬脱して自由を求め、用語を現代日常の言葉から選ばうとした新らしい努力に対しても、無論私は反対すべき何の理由も有《も》たなかつた。「無論さうあるべきである。」さう私は心に思つた。然しそれを口に出しては誰にも言ひたくなかつた。言ふにしても、「然し詩には本来或る制約がある。詩が真の自由を得た時は、それが全く散文になつて了つた時でなければならぬ。」といふやうな事を言つた」（傍点筆者）

とのべたあと、「散文の自由の国土！」と書きつけた一点である。それが具体的には、小説の売り込みに奔走し失敗した時点で、歌は悲しき玩具として、啄木の心のうちによみがえったのであった。もっとも、明治四十二年以前に遡る当時の詩壇等の、詩と短歌、詩と小説（自然主義派の人びとを除いて）のあいだにさしたる垣根のなかったせまい環境のことも、多少は斟酌しておかねばなるまいが。

ここで「食ふべき詩」を書いた前後の時期から晩年にいたる、啄木の具体的な生活を見ておくのもムダではあるまい。

啄木がようやくにして家族と暮らす目的をもって、本郷弓町の床屋「喜の床」の二階二間に引っ越したのは明治四十二年六月のことであった。六畳間の開け放した二階の窓からは、弓町二丁目のまち並みがよく見えた。向こう三軒の一軒は車屋で、他の二軒は並んで氷屋。四寸ばかりの幅に赤い縁をとった、裾にノコギリ状の刻みをつけた氷屋の旗《フラグ》が、竹竿に吊りさげられ、ゴスゴスと氷を磨《す》る音が、日なた部屋のなかまで聞こえた。

と、書けば、啄木にもようやくにして安らぎのときが来たようにも見えようが、事実はそううまくは運ばなかった。困難はまず、老母カツと妻節子の確執からはじまった。七月九日、自分の妹たちにあてた手紙のなかに節子はこう書きつけている。

「私には少しのひまもない、ほんとうに、かみ結ふひまさへ得る事の出来ないあはれな女だ。宮崎の兄さんはよく知つて居る、不幸な女だと云ふて深身の同情をよせてくれる。内のお母さんのくらゐえぢのある人は、おそらく天下に二人ともあるまいと思ふ……」

文中の宮崎の兄さんとは、啄木が函館時代に知り合い、生涯啄木の面倒をよく見た宮崎都雨のことで、この時期は節子の妹ふきと婚約中の間柄にあった。内のお母さんとはむろんカツを指している。啄木を生んだとき三十九歳であったから、このときには六十二歳になっていたろう。

おまけに積みかさなった貧窮のうえに、家族を迎えるまでの自虐的頽唐的生活のツケも、たちまちこの新生活を襲っていた。もともと、新居を借りる費用も、家族が上京するための汽車賃も、すべて都雨の援助でまかなったものだった。溜まりに溜まった蓋平館の下宿代は金田一京助の保証で、十円づつの月賦でケリをつけたものだった。六月の晦日にはすでに一銭もなかった。翌日出社して二十五円前借りしてきたが、質入れしていた友人の時計を請け出したり、米やわずかの日用品を買うと、もう家賃も払えなくなっていた。

妻節子が突然に出奔したのは十月二日のことである。ここは啄木の文面から、このときのようすを眺めておきたい。

「実は本月二日の日、私の留守に母には子供をつれて近所の天神様へ行つてくると言つて出たま、盛岡に帰つて了ひ候。日暮れて社より帰り、泣き沈む六十三の老母を前にして妻の書置読み候ふ心地は、生涯忘れがたく候。昼は物食はで飢を覚えず、夜は寝られぬ苦しさに飲みならはぬ酒飲み候。妻に捨てられたる夫の苦しみ斯く許りならんとは思ひ及ばぬ事に候ひき。かの二三回の通信は全く血を吐くより苦しき心にて書き候。私よりは、あらゆる自尊心を傷くる言葉を以て再び帰り来らむることを頼みやり候。若し帰らぬと言つたら私は盛岡に行つて殺さんとまで思ひ候ひき。」(十月十日新渡戸《にとべ》仙岳宛書簡)

新渡戸仙岳とは、啄木や節子が盛岡高等小学校に通学していた頃の校長で、この時期は「岩手日報」の主筆をしていた。折から同紙に連載していた「百回通信」も、この新渡戸の世話になったものである。節子の書置きとは、「私故に親孝行のあなたをしてお母様に背《そむ》かしめるのが悲しい。私は私の愛を犠牲にして身を退《ひ》くから、どうか御母様の孝養を全うして下さる様に」という内容であったというから、啄木のこの狼狽えぶりは、生活から受けた衝撃の深さを物語る。ようするに、なに不自由なく育った明治三十七年十二月以前の子どもにもどってしまったのである。これが「歌のいろいろ」のなかの、「私の不便を感じてゐるのは歌を一行に書き下す事ばかりではないのである。しかも私自身が現在に於いて意のまゝに改め得るもの、改め得べきものは、僅にこの机の上の置時計や硯箱やインク壺の位置と、それから歌ぐらゐなものである」という感慨の根底をなすべきものではないか。このとき啄木はさらにこう書き継いだ。「謂はゞ何《ど》うでも可いやうな事ばかりである。さうして其他の真に私に不便を感じさせ、苦痛を感じさせるいろ〳〵の事に対しては、一指をも加へることが出来ないではないか。否、それに忍従し、それに屈伏して、惨《いた》ましき二重の生活を続けて行く外に此の世に生きる方法を有《も》たないではないか。自分でも色々自分に弁解しては見るもの丶、私の生活は矢張現在の家族制度、階級制度、資本制度、知識売買制度の犠牲である」

一指もくわえることのできない惨《いた》ましき二重の生活の実質とは、若い啄木の意識にとってそれは、夫として子として父としての具体的な関係からの脱落を生きているということであった。妻の家出がそれを露わにした。夫の立場を例にとると、そこにどのような言い分をたてようとも、妻の嘆きが聞きとれぬとおいところへ、みずから追いやられていたのである。その点では、ここで制度の犠牲へ目を向けるのは負け惜しみであり、若い啄木の韜晦であって、不幸を語るにも飛躍にすぎる。

さて、私はこの時期、啄木の思想の水源となるべき大きな転位を強いたものに、二つの事情があげられると思う。そのひとつがいまのべてきた妻節子の家出であった。

いまひとつが、歌集『仕事の後』の原稿が依頼先の春陽堂から返却されてからわずか五十日たらずのあいだに起きた、いわゆる大逆事件である。

大逆とは、明治の刑法第七十三条の皇室（天皇家）にたいし、「危害ヲ加ヘ、又ハ加エントシタルモノハ、死刑ニ処ス」に該当する罪のことである。天皇暗殺の計画があったとして、明治四十三年五月の末から当時直接行動主義を唱えていた社会主義者の逮捕がはじまり、六月三日にはこの派のリーダーであった思想家幸徳秋水も拘引され、五日、新聞各紙が「無政府党の陰謀」と事件の種類、性質を報じたことにより、国民に大きな衝撃をあたえることになった。

啄木は『仕事の後』の原稿が返却されたあとしばらくして、年末にいたるまで日記を中断するが、再開した明治四十四年当用日記に、前年中の重要記事を補充し、「六月――幸徳秋水等陰謀事件発覚し、予の思想に一大変革ありたり。これよりポツ〳〵社会主義に関する書籍雑誌を聚む」「予はこの年に於て予の性格、趣味、傾向を統一すべき一鎖鑰《さやく》を発見したり。社会主義問題これなり。予は特にこの問題について思考し、読書し、談話すること多かりき。たゞ為政者の抑圧非理を極め、予をしてこれを発表する能はざらしめたり」としるし、当時この国で、この事件をいち早く文学者の立場から内面化した数少ないひとりとなった。「時代閉塞の現状」「所謂今度の事」「暗い穴の中へ」などが、文中の発表する能はざらしめたりに概当する文である。

その後四十四年に入ると、「明星」「スバル」の同人であった平出修弁護士を訪問、幸徳秋水が獄中より担当弁護士に送った陳弁書を借り書き写し、さらに幸徳の処刑された日には幸徳、管野スガ、大石誠之助らの獄中の手紙を、その翌日には、特別裁判一件書類七千枚十七冊を、一日だけひそかに借り出して読んでいる。

平出修と大逆事件との関係は、この事件で逮捕処刑された和歌山県新宮町の医師大石誠之助を、友人で大石の甥であった西村伊作を通じて知っていたことから、与謝野寛が弁護を依頼したものであった。そのために平出は外国の社会主義運動や文献を、森鷗外から教わりながら、具体的には紀州組の崎久保誓一と高木顕明を担当した。平出の弁護は、この大逆事件の、大逆罪を遂行しようと明科山中で爆裂弾を実験し、音響からことが発覚して逮捕された宮下太吉以下、新村忠雄、管野スガ、古河力作ら確信犯の陰謀を、首謀者を幸徳とし、全国的な社会主義の一大陰謀事件のように描き出したことによる、予審調書のもつ事件の真相に反する面、まちがった七十三条運用にたいする批判で、無政府主義や大逆事件の内容的な面を擁護するものではなかったが、その順法的な立場がかえって説得力をもち、被告人たちを感動させるものとなった。この平出から啄木は知りうるかぎりの実相を摑もうとしたのである。

ここでは、啄木のまとめた「日本無政府主義者陰謀事件経過及び附帯現象」から、いますこし啄木の関心をさぐっておきたい。啄木がこのノートをつくったのは、幸徳秋水ら十一名の死刑が執行された日であり、翌日社に行って、「今朝から死刑をやつている」と聞いた。啄木は主に東京朝日新聞の記事を使用しながら、ほぼ時系列に事件の真相を追っている。つぎは四十三年六月二十一日の新聞報道に関する一節である。

「因に、本件は最初社会主義者の陰謀と称せられ、やがて東京朝日新聞、読売新聞等二三の新聞によりて、時にその本来の意味に、時に社会主義と同義に、時に社会主義中の過激なる分子てふ意味に於て無政府主義なる語用ゐらるるに至り、後検事総長の発表したる本件犯罪摘要によりて無政府共産主義の名初めて知られたりと雖も、社会主義、無政府主義の二語の全く没常識的に混用せられ、乱用せられたること、延いて本件の最後に至れり。……而して其結果として、社会主義とは啻に富豪、官権に反抗するのみならず、国家を無視し、皇室を倒さんとする恐るべき思想なりとの概念を一般民衆の間に流布せしめたるは、主として其罪無智且つ不謹慎なる新聞紙及び其記者に帰すべし」

マスコミ批判であるが、当時これほど徹底したジャーナリズム批判は、まだ存在しなかったろう。啄木の文面によるかぎり、各社の記事は、その筋の要請（強制）というより先に、「過激主義が来るぞ！」式にさわぎ立てたということになる。一月十九日の日記に啄木はこう書いた。

「朝に枕の上で国民新聞を読んでゐたら俄かに涙が出た。「畜生！　駄目だ！」さういふ言葉も我知らず口に出た。社会主義は到底駄目である。人類の幸福は独り強大なる国家の社会政策によつてのみ得られる、さうして日本は代々社会政策を行つてゐる国である。と御用記者は書いてゐた」

みずからの困窮をかえりみても、その白々しさは胸をついたにちがいない。

近ごろよく人が過激主義が来るぞというが、その過激主義がなにか、それについて彼らは説明もしないし、私も知らない。あえていえば、「来るぞ」というのだから、怕《おそ》れねばならぬ、

と、魯迅が書いたのは、それから七年後のことであった。啄木は自然主義の運動を、旧道徳、旧思想、旧習慣のすべてにたいして反抗を試みたものとして、自己意識の徹底と実行に最初の理想を見出した詩人であるが、その後退のなかで、観照にすらなっていない（客観性すらたもたれていない）ジャーナリズムの現実をはかなんだのである。先の魯迅の「過激主義が来るぞ」をいるぞに置きかえたらよい。いるのだから怕れねばならぬと、時のジャーナリズムは吹聴したのである。時代閉塞の現状という認識も、自己を外部とのかかわりのなかにおくか、一途に内省的なものに閉じこめるかをめぐって、後者のラインになだれていく現実にたいして放たれた、ある意味で啄木流の自然主義にたいする訣別宣言でもあった。

八月に入ると文部省は訓令を発して、全国図書館における社会主義に関する書籍の閲覧を禁

じたこと、九月に入ると発売も禁止され、残本も差押さえになったことをしるす。そのなかには、堺利彦『通俗社会主義』、杉村楚人冠『七花八裂』、『兆民先生』、西川光二郎『普通選挙の話』、田添幸枝『近世社会主義史』、大月隆『社会学講義』、木下尚江『良人の自白』、幸徳秋水『社会主義神髄』があった。これは土岐哀果が戦後になって語った、啄木の残した蔵書、「蔵書といってもわずか四十センチ位の高さになる数冊が残っていただけで、「売り売りて手あかきたなきドイツ語の辞書のみ残る……」というような歌がありますが、その数冊は「社会主義神髄」、「二十世紀之怪物・帝国主義」、これは幸徳秋水の書いたもの、それから河上肇さんの「社会主義評論」、堺利彦さんの「社会主義綱領」、また、「社会主義研究」という雑誌の合本、もっとほかにあったかもしれませんが、あったとしても大体これらがおもなものでした」「さて啄木が読んだ本、これは日記にもありますが、クロポトキンの「パンの略取」その幸徳秋水の翻訳は明治四十一年ごろ秘密出版の形で出たものを私は堺利彦さんのところから買って読んだのですが、それより前に同じクロポトキンの「ロシア文学の理想と現実」を読んでいました。日露戦争がすんだあとの文学青年としてです。「青年に訴える」というパンフレットも啄木は読んでいます。私も読みましたし、「相互扶助」にも感動しました」(「平出修と石川啄木」)という発言をかさね合わせておくのもよいだろう。国家の権力によって、ひとりのペンの徒にすぎない自分すらが、知らずしらずのうちに足を掬われて逆徒のがわに押しつめられていくと、啄木には感じられたにちがいないと思えたからである。国禁の書という言葉がリアリティをもつのは、この「日本無政府主義陰謀事件……」に続いて、「あらゆる意味に於て重大なる事件――の真相を暗示するものは、今や実にただこの零砕なる一篇の陳弁書あるのみである」として、平出修から密かに借り出した幸徳の陳弁書を書き写して「A LETTER FROM PRISON」としたなかにしるした、「幸徳が此処に無政府主義と暗殺主義とを混同する誤解に対して極力弁明したといふことは、極めて意味あることである」という認識をうる経過をたどったからであろうと私は思う。フレームアップが国家権力の深いところで意志されたことを、この陳弁書をとおして啄木は具体的に知ったのであった。そのとき、いま読んでいる一冊の本が、国禁の書に化けたのである。

この点、私は、哀果が同じ文のなかでいった、自然主義が当初にもった古い世俗や社会に対する、自然の解放という課題が、どんどん個人的なものになってしまって、ひじょうにせまいものになってきたとき、「それをどう文学的に突破するか、そのことを啄木も考えていた一人」という指摘はとても大事だと思う。「輓近一部の日本人によつて起されたところの自然主義の運動なるものは、旧道徳、旧思想、旧習慣のすべてに対して反抗を試みたと全く同じ理由に於て、此国家といふ既定の権力に対しても、其懐疑の鋒尖《ほこさき》を向けねばならぬ性質のもの」（「性急な思想」）であるはずのものだったからである。

歌集『仕事の後』にはじまって『一握の砂』刊行にいたる前後とは、こんなふうに啄木の内面に即して激変の時期であった。それが啄木にとっての自己主張の強烈な欲求となるべきものであった。「殆ど孤立の地位を守りたり」とは、明治四十四年当用日記に前年（四十三）中重要記事としてしるされた一行であるが、なるほど「スバル」の連中とも足を遠ざけている。

啄木が東雲堂書店とのあいだに歌集の出版契約、二十円の稿料を受け取ったのは明治四十三年十月四日、その日午前二時、節子は大学病院で男の子を出産、真一と名づけた。二十三日目の二十七日深夜死去、その日啄木は夜勤の日にあたった。火葬の夜、歌集の見本組がとどいた。『一握の砂』が出たのは十二月一日である。

一首三行書きはぎりぎりの十一月にきめた。見本組とはこの三行書きを指しているのかもしれない。土岐哀果のローマ字綴りの第一歌集『NAKIWARAI』に拠っているが、ここはいずれ稿をあらためねばなるまい。

同じ時期、「一利己主義者と友人との対話」で利己主義者にこう語らせる。

「さうさ。一生に二度とは帰つて来ないいのちの一秒だ。おれはその一秒がいとしい。たゞ逃がしてやりたくない。それを現すには、形が小さくて、手間暇《てまひま》のいらない歌が一番便利なのだ。実際便利だからね。歌といふ詩形を持つてるといふことは、我々日本人の少ししか持たない幸福のうちの一つだよ。（間）おれはいのちを愛するから歌を作る。（間）しかしその歌も滅亡する。理窟からでなく内部から滅亡する。しかしそれはまだまだ早く滅亡すれば可いと思ふがまだまだだ」

そして、「おれはしかし、本当のところはおれに歌なんか作らせたくない」「おれはおれに歌を作らせるよりも、もつと深くおれを愛してゐる」とつけくわえた。

この時期、茂吉は同じ本郷区の成蹊館に止宿して、医学科の卒業試験に備えていた。十月には「アララギ」のなかで、斎藤は理想派、堀内は写実派と師の左千夫から併称嘱望された堀内卓が死に、悼歌七首を書いた。

生くるもの我のみならず現《うつ》し身の死にゆくを聞きつつ飯食《いひを》しにけり

四十四年一月作の「此の日頃」八首のひとつであるが、大逆事件の翳りはない。

八　左千夫と茂吉

若い茂吉を知るためには、直接の師であった伊藤左千夫との関係を見ておかねばなるまい。出会いそのものについては、「初期茂吉の歌論」の章で『思出す事ども』を引いて、茂吉自身に語ってもらったので、くり返すまい。大事なのは、その後の茂吉の左千夫観であろう。

「伊藤左千夫の追憶」のなかで、あるとき「アララギ」（明治四十四年三月号であろう）誌上の他流歌合評で、牧水の歌を取り上げたことがあったときのことが語られている。そのときの左千夫の評言を見た牧水が、「場末の町の荒物屋の主人が小言いつてゐるやうだ」という意味のことをいった。茂吉はそこを紹介して、「若山氏が冷やかすつもりで云つたこの一言も見様によつては、先生の地金を云ひ当てたともいひ得るのである」とのべ、さらに、つぎのようにことばを継いでいる。

「僕等が先生に親しみ先生と合体し得るのはさういふ野暮な地金に存するので、僕が当時の歌壇を風靡してゐた明星派に趨らずに、左千夫の門をくぐつたといふ由縁も亦この地金にあつたと思へばいい」「左千夫先生には一見さういふ粗野な抜けてゐるやうなところがあつたから若い者も気を楽にして懐に飛びこめたのであるし、また先生に接してゐると、誰にも、先生にいろいろ新知識をつぎ込んだといふ自負心をいだかしめるやうなところがあつた。一時親鸞を研究したり、新仏教の同人になつたりしたのもつまりそれで、向うから左千夫に教へてやつたのだと思はせながら何でもそれを左千夫流に解釈して一家の見を築きあげるといふ風であつた。それがいかにも自然、謙虚で、ひとから教を受けたと感謝しつついつのまにか大きくなるといふ流儀である」

ここでは、向こうから左千夫に教えてやったのだと思わせながら何でもそれを左千夫流に解釈して自分の意見に築きあげる、と、いうところに留意したらよいと思う。この追憶文は、左千夫没後十九年目にあたる昭和七年九月に書かれたもので、没後十九年だけではなく茂吉自身にも同じ歳月が流れている。それだけに、左千夫の晩年、正しくは明治四十三年頃から、「アララギ」の集団内部に起こった、左千夫と「馬酔木」以来の旧同人対茂吉、柿乃村人（島木赤彦）、岡千里、古泉千樫、土屋文明ら若い主力同人との対立、論争にたいする茂吉のとらえ方（対立・論争にたいする認識）も長い歳月を隔てて語られ、この向こうからの存在に自分たちをもくわえることで、それが相互影響をもたらすものであったとして、この文を書いている時点でなお、安易な妥協を排しているようにも見えるからである。

この左千夫が歌人としての真の活動を開始したのは、明治三十三年以降、はじめて子規庵を訪ねてからであった。もともと歌をつくるようになったのは、同業の牛乳搾取業者に、伊藤並《なみ》根《ね》という歌や茶の湯をたしなんだ文人がいたからであった。天保六年の生まれであるから、左千夫より二十九歳も年嵩の人であり、これは茂吉制作の左千夫年譜、明治二十六年三十歳の年の、「此年ごろより伊藤並根について茶の湯を学んだ。また和歌の方の交りもやうやくしげくなつた如くである」とあるとおりであろう。並根は僧侶をのち還俗、明治に入って東京府の役人、五十三歳になって牛乳搾取業に転じた人で、これはもう実業をふくめたあらゆる点での先輩であった。並根が桂園派の和歌をつくったから、自分も春園と号して歌をつくるようになる。並根の紹介で桐《きり》の舎桂子《やかつらこ》の月次歌会にも出るようになった。この桂子をとおして万葉集を知り、岡麓《ふもと》、香取秀眞なども出席していたことから、やがて彼らとの縁もあって根岸歌会にも出席するようになった。

その前の明治三十一年二月十日の新聞「日本」誌上に、その三日前に「新自讃歌一」として載った小出粲の歌を批判した左千夫の「非新自讃歌論」が掲載された。これは「歌の俳句にことなる所は心の外に調をおもんじるにあなり、されば歌にして調なきはこれ直に俳句なり」として、小出の歌はこの調がないから歌ではなくて三十一文字の俳句だと論難したものだった。

これは論争に発展し、その八日後に発表された子規の「三たび歌よみに与ふる書」のなかでも、「俳句には調が無くて和歌には調がある。故に和歌は俳句に勝れりとある人は申し候」（傍点筆者）と言及される。もっとも子規の文は、「歌よみの如く馬鹿な、のんきなものは、またと無之候。歌よみといふ事を聞き候へば和歌程善き者は他に無き由いつでも誇り申候へども、歌よみは歌より外の者は何も知らぬ故に歌が一番善きやうに自惚候次第に有之候」と、伝統に安住する文学への辛辣な攻撃を内容とするもので、左千夫への言及も、その一例としてあげられたものだった。

のち、茂吉は「伊藤左千夫概説」のなかで、左千夫の歌の実作をたどるに、明治二十八、九年ごろはまったく古今調で、三十一年になっても古今調の読み人知らず程度のもの、三十二年に入っておおむね万葉調になったと分析している。実際、この時期の左千夫は

薄青にうるほふ色の沈みたるこれの勾玉《まがたま》神の玉かも

に見るように、勾玉の不透明なくぐもりの感じをもっとも好んだ、まさに古今調の歌人であった（但し、茂吉は「非新自讃歌論」のなかでも調のある歌の標本としてあげた四首のうちには赤人の歌があり、この頃の左千夫はすでに万葉調の歌を好んでいたといっている）。

左千夫がはじめて子規庵を訪ねたのは明治三十三年一月三日であった。それに先だって一月一日の新聞「日本」には、子規選による第一回募集歌新年雑詠が発表され、左千夫の歌三首が入選した。茂吉は先の左千夫の歌分析に続けて、「子規のその後の論調が、急速度を以つて万葉集崇拝に傾いて行つたので、左千夫の趨くところもおのづから其陣営に落着いたといふことになるだらう」とのべている。興味深いのは当時をめぐる左千夫の回顧である。

「僕も初めから正岡君とは手を握つて居た譯ではないのです。寧ろ反対の側にあつたもので時には歌論などもやつたものです。それが漸々とその議論を聴き、技倆を認め、遂に尊敬する事となり此方から降服したと云ふ姿です。それであるから初めから友人交際であつた人達よりは其の偉さを感じた事が強かつた様です。従つて崇敬の度が普通でしたらう」(「子規と和歌」)

茂吉が愛したのは、この愚直ともいうべき素直さだったろう。たしかに左千夫は一面では強い自信家であったが、みずからおよばないと悟ると、あとはみずから潔くすることもできた人であり、したがってそういう態度を続けているうちに、しだいにその人に肉薄しつつあったと、茂吉はのべている。子規からの感化も、子規を尊敬しているあいだに、知らず識らずその感化に染みたというべきであろうともいっている。

このような三十五歳になってからの参加であったから、左千夫は子規門では内藤鳴雪を除けば最年長者で、書生連中の多いなかではめずらしく生業を営む、余裕ある生活者であった。おまけにひじょうに度のつよい眼鏡を二つもかけなければまわりをよく見ることのできないほどの近眼と、理解力の鈍さは、はじめは同人たちの失笑の的にもなったらしい。茂吉は先と同じ概説のなかで、逆に門下生のなかではいちばん若かった長塚節の「伊藤左千夫の追憶」から、「一体故人の生涯は恐ろしい矛盾の生涯であつた。矛盾といふことは人生の常態であるにしても故人のは殊に甚だしいのである。あの何事にも理窟が立つて、時としては其弊に堕する程滔々として自己の意見を発表し、往々にして対手を感服させるといふよりも、寧ろ威圧して畢ふといふ程の力を有して居たにも拘らず、其相貌の何処といふことなしに滑稽な分子を含んで居て、聡明な後進の人々からは何時でも竊に微笑を浴せ掛けられて居たらうと思はれるのである」というところなどを引いて、その風貌を伝えている。そのとおりで、また、文中からもうかがえるように作歌とともに歌論も好んだ。その帰するところは、ひとつは子規であり、いまひとつは万葉集であった。この二つを基本軸に、じりじりと体験を深め、晩年の「余裕なき活動」「言語の声化」「叫び」に達したと茂吉はのべている。いましばらく、茂吉の「伊藤左千夫の歌論」のなかから、左千夫の歌論と茂吉自身の反応をたしかめておきたい。

左千夫の歌論には多く、「根本問題」ということがいわれ、したがって「人格」云々ともくり返されたという。

「文学界の根本問題と言へば、文学者の人格問題より外にはない。人より尊敬を受くべき人格がなくて、どうして尊敬すべき文学が出来よう。人格なき文学界から大文学を要求するのは、山中から鯨を得んとするやうなものだ」と、これは明治四十二年、「アララギ」第一巻に書かれた、左千夫の「歌人閑語」の一節だが、茂吉はこれにたいして、「私はその頃未だ若かったので、血気のあまりかういふ根本論、人格論が嫌ひで、いつも修身談、小言を聴かせられるやうな気持がしてゐたものである」といっている。左千夫との対立が生じる予兆ともいうべきものであろうが、この左千夫の人格云々は、実行論としては、「真面目に詩的製作物に勉むるを以て唯一の方便と信ずるのである」(「夾竹桃書屋談」)という方向へすすんでいった。ただいつまでも根本々々といっても、それだけですぐれた歌ができるものではないことは左千夫も承知していた。ただ当世の人がそこをおろそかにして、手っ取り早く上っ面でことをなしとげようとする態度が気に入らなかったのである。そこにはかんたんに生活のために師匠をしたり、流派をつくったり、あるいは雑誌を経営したり、売文をしたりする、当時の歌壇の風潮にたいする生活人左千夫らしい批判がこめられていたが、それが集団の内側に向けられるとなると、生一本な若い同人たちには、具体的なもの、各論的なものがまるごと抜け落ちているだけに、救い難い片肺論にも見えたことだろう。

実際、同じ時期に書かれた茂吉の「短歌に於ける四三調の結句」など、これは井上通泰の「結の句の七は必ず三四にならざるべからず。万葉には四三なるもの往々之あれども苟《いやしく》も重きを調べに置くを知りてよりこの方古今然り金葉然り。四三にすれば自然に耳立ちて階調を得ず」といった説に反論して書かれたものだが、「ものを」「ましを」「泣かゆ」「吾妹《わがも》」「吾身《わがみ》」「やまじ」「惜しも」「泣くも」「よしも」などなど、万葉を主に、二百首に近い四三調の結句の分類をえての反論であった。そのうえで、井上通泰のいう調は説明がなく、おそらくは香川景樹の「しらべ」の概念を出ないまま書いたものであろうといい切った。明治四十三年一月発行の「アララギ」第一巻第二号に発表されたもので、茂吉の歌の世界にたいする本格的始動も「アララギ」創刊にかさね合わせることができるとすれば、この執筆態度自体が、すでに左千夫とも、まるまる対極に立っていたといってよい。のち、戦後になって中野重治が、この歌論と「短歌小言」と合せて、

「短歌というもっとも主観的な抒情詩の問題を、まったく実際的に、算術の計算をするようにして、代数とする方がいっそうあたっているかも知れぬが、扱っている。そうやって結論を出している。そうでない場合は、結論の出る確実な道を示すなり暗示するなりしている。この客観的な、金貸しが金をためるような科学的なやり方で、歌のもっとも微妙な主観の問題が解かれている」(「「短歌に於ける四三調の結句」と「短歌小言」」)

と、のべたことはよく知られている。もっとも中野重治は戦中の労作となった『斎藤茂吉ノート』のはじめのほうでも、「彼は、どこを押せばどういう音がでるかをいわば唯物的に心得て

いて、言葉の軽さ、重さ、しなやかさ、さわやかさなどいうものを科学的にしらべているから」(「ノート一」)とものべていて、戦後になってはじめて気づいたことではない。しかし、中野重治は同時に、「四十五年前の日本の歌壇では、主観的な、文学的・心理的な、気取った思わせぶりで歌が論じられていた。少なくともある程度支配的にそれがあった。「四三調の結句」はそういう全状態にたいする挑戦だった」とものべ、ここでの主観的云々が、左千夫のばあいには該当しないとはいい難い。若い茂吉たちがそこを支えきれなくなったとしてもそれはやむをえない。

さて、『赤光』初版で、茂吉が「特に近ごろの予の作が先生から褒められるやうな事は殆ど無かつたゆえに、大正二年以降の作は雑誌に発表せずに此歌集に収めてから是非先生の批評をあふがうと思つて居た」としるしたことでも知られる、左千夫と若い同人たちとの対立、なかんずく茂吉自身との対立は、どこからどんなふうに生じたのだろうか。

昭和十九年に完成した『作歌四十年』のなかで、茂吉は明治四十四年の作品から『赤光』の「うつし身」の三首など五首を引いて、「このあたりから歌風もいくらか変り、左千夫先生が賛成せられぬので先生と議論したりした時である。兎に角従来の根岸派同人の作以外に一歩出ようなどといふ気持を示した作だと謂つていい」とのべて、左千夫との対立が、自分の歌風が変わったからだと説明している。ここで、あともういちどふれることになるが、「アララギ」の発行体制について、すこしばかり注意をうながしておきたいのは、「アララギ」は第一巻を明治四十一年から翌年の四月にかけて三冊出したあと、千葉県の蕨眞のところにあった発行所を東京本所茅場町に移した。このとき左千夫が編集兼発行者になり、編集方針も左千夫が統率したが、同時に在京の同人が編集会議を開き、石原純、古泉千樫、斎藤茂吉ら五人のメンバーが順番に編集するシステムを確立した。これは左千夫ひとりで編集した「アララギ」に先行した「馬酔木《あしび》」とも「アララギ」第一巻とも決定的に異なる点で、のち左千夫との対立のなかでも大きな影響をあたえることになる。

この第二巻第一号（明治四十二年九月発行）に発表した茂吉の歌が、「潮沫のはかなくあらばもろ共にいづべの方にほろびてゆかむ」や、『赤光』未収録とした「をさな妻あやぶみ守るわがもひのゐぐしごこちに愼《つつし》むろかも」などであった。左千夫は同じ号に「天地《あめつち》の四方《よも》の寄あひを垣にせる九十九里の濱に玉ひろひ居り」など発表したが、なるほど茂吉の歌は、万葉風を基本とし、子規絶対の根岸短歌会の歌風を継承しつつ、そこに「叫び」の説を注入しようとしていた左千夫の歌とは、こうして並べただけで異なっているのに気づかされる。ここで左千夫の叫びは、

「叫びは内感情の発散かさもなければ訴へる感情を有て居る。話は互に鬱情を話し合ふといふこともあれど題目の興味を迷ふことが多い。叫びは感情の純表現であるが、話は説明報告が多

い。叫びは直に自己の発表である。話は自他を紹介する。叫びは必ず熱情を伴ふ。話は多くの場合冷静である」（「叫びと話」）

と、「話」と対立するものとして説明された。ようするに感情の純粋表現、感動の直接的表出を意味している。ここでは左千夫の造語による「言語の声化」とも併用された。この限りで、直接性以外は排除されているのであるから、鷗外の観潮楼歌会などにも出席して、西洋画の印象派や象徴詩などの暗示や感覚的な手法も、多元的に導入しようとしていた茂吉の内面化された歌風とは、明らかに別の位相に立っている。茂吉はそこを「アララギ二十五年史」では、「今から観れば、新鮮でもなく、渾一に統一されてゐるのでもなく、一言にしていへば一つの動揺、混乱」であったとしているが、同時に、「この動揺から次の時代の新歌風が胚胎してゐる」といっているのも面白い。動揺、混乱がもしなければ、いまのアララギの歌風はなかったともいっているように聞こえるからである。

しかし、茂吉流の動揺、ある方向への運動開始は、その後数年にまたがった。対左千夫に即していえば、結局は左千夫の死にいたるまで続いたのである。私などはいまから見て、茂吉だけに即してもこの動揺期（この間の作品の多くは初版『赤光』に収録されている）は逆に生き生きしていると思えるが、左千夫との対決に関するかぎりは茂吉のようにいわれたほうが納得しやすい。茂吉のいうこの時期の作品は、左千夫の選を経ないで発表した「アララギ」第三巻

（明治四十三年）の

墓はらのとほき森よりほろほろと上るけむりに行かむとおもふ
木のもとに梅はめば酸しをなさ妻ひとにさにづらふ時たちにけり

にはじまった。つぎに赤彦の歌四首を掲げる。

あるものは萩苅日和木瓜《ぼけ》の果を二人つみつつ相恋ひにけり
あるものは髪をなほすと嫁《とつ》ぎゆきて春の蟲《こ》上げぬ別れ来にけり
あるものは草苅小屋の艸月夜ねぶりて妻をぬすまれにけり
あるものは金ある家にとつぎ得て蠶がひ窶れぬ病みてかへらず

赤彦の歌を引いたのは、この四首をめぐって、明治四十五年春の歌会で左千夫と茂吉の論争になり、節、千樫、中村憲吉ら若い主力同人も、赤彦の歌を面白いという側に立ち、左千夫ひとりが反対して、論争そのものとしてもこのあたりでクライマックスに達したからである。
ここで万葉調の基本になっている五七調、つまり、五七、五七、七と続いていく初めが軽く後が重い調と、古今風新古今風の七五調、五七五、七七と続いていく調を、素朴に頭におけば、歌の門外漢の私でも、この限りで、左千夫の歌論からして赤彦らの歌にいちどはクレームをつけたがる気持はわかる。引いた六首はいずれも万葉風基本形に忠実とはいい難い。歌会の翌月の「アララギ」に載せた茂吉の「短歌小言」によれば、四首を通じて茂吉が、作者は如上の心持にいて詠嘆しており、流れている心持はけっして動乱の心持ちではない、真実の声なのである、と発言したのにたいし、左千夫は「同情がたりない」「単に題目を提供されただけでは満足が出来ぬ」と非難したという。また四首に現れている事件もけっして同一ではない。たとえば妻を盗まれた事件と木瓜を摘みながら相通じた男女の事件の感じには甚だしい相違がある。にもかかわらず四首同じ調子で同じような心持ちでしかも「あるものは」を四つも続けて発言している。真実の声ならばけっしてそんなはずはないと踏んばっている。茂吉は、左千夫の批判は一応正しい批評のようであるが、それこそが見当違いで、「斯る疑問は、作歌当時の作者の心持をよく味ふ事に依つて自づから解釈すべき譯であつて、同じ様な心持で居て詠んだのであるから同じ様な調子になるのは自然であり「あるもの」は自然であり、四つ続けたのも自然である。評者の見は実際経験を基としない理窟の論（この四首に就いて）に過ぎない」と、なるほど応酬は、いまこうして読んでいても相当過激であり、若い「アララギ」の生動ぶりがうかがえる。

それにしても、茂吉がここで評に先立って、茂吉流詠嘆の方法化ともいうべき、つぎのようにいっているのにも注意をはらってよいだろう。

「萩刈に行つて居て通じた男女の話や、妻を盗まれた話でも其様な心持があるに相違無い。ところが斯ういふ実例は田舎には数多くある事であると知る経験を屢々する時、『成程かういふ事も世相の一聯であるか』と詠嘆する様になる。この心は悲しい様なはかない様な一種悲哀の心持である。歎くなれば最早や最初に感じた様な堪へ難き動乱の情緒では無い。しみじみとした深く根ざした一種悲哀の心であると同時に又一種軽い気分を含む事もある」

其様な心持とは、この種の話は知った瞬間はまことに厭な気持になるという意味である。「拵えものである、もしくは虚仮の表現にすぎぬ」とも左千夫はいっているが、実をいうと私などはこのあたり左千夫の主張がわからぬでもない。私自身はもし生身でこの四首だけを見たとすれば、芭蕉よりも蕪村により近いという意味で、仮構（物語を秘めているということ）の詩と思い、そのうえでなおすぐれた作品と思うだろう。茂吉のような実際にあるという現実認識があって、現実認識そのものとして連続し詠嘆するようになるとはどうも理解しにくい。左千夫のばあいは叫びの輪にどうしても直結させたいがゆえに、話の歌として退けたいのであろうが、茂吉は仮構ではないという一点にこだわる。このときは、地方人茂吉があざやかによみがえっている。世相の一連であるかどうか、ということになれば、ここは都会人左千夫が一歩引くしかない。論争を手短かに紹介したあとで、同じ文のなかで茂吉はこう書きしるした。
「即ち常に接近談話して居る同人中にあつて甚だしく意見の相違があるのは、最早議論などすべき以外にあるのではあるまいか、全人格（肉体及精神）の相違から来るのではあるまいか。さうすれば黙すより外途は無いのである。吾人は未だお互の全人格に突入して論ずる程の勇者では無いからである」

同じ号に左千夫は「おことわり」という同人への通告文を書いた。

「一、選歌を暫く休みます。二、是から重《おも》に歌の批評を致したいと思ひます。三、歌に対する自分の考へを自由に言つて見たいのです。四、それに就て選歌をして居ては都合の悪いことがあると思つて選歌を休むのです」

以下、論争そのものの経過をたどるのがこの稿の目的ではないので、山上次郎の『斎藤茂吉の生涯』を援用しつつ概略をたどっておくと、当時茂吉が連載していた「金槐集私鈔」をめぐる左千夫の「君の私鈔には何等の新しい処が無い。それから君が近頃詠む歌と君が撰ぶ実朝の歌との間に少しも交渉が無い」という批判があったり、明治四十五年三月には一月ごろから交わされていた左千夫対赤彦のやりとりを示す書簡七通が「アララギ」誌上に公開されたり、さらに四月号には「漫言」を草して赤彦が自分の立場を主張したり、左千夫のほうでは、「茂吉や赤彦の歌は、先づ意識が先に立つて、かういふ風にやつて見ようとか、かういふ事を歌にしたいとか、かういふ経路になるのが進歩であるとか、情緒的から情操的に移り、感激的から瞑想的になつたとか、総て計らいが先立つて、意識的行為に出ることが、僕にはどうしても殊更に拵へるやうな感じがしてならない」を内容とする「強ひられたる歌論」を書いたり、深い溝をおいたままの平行線をたどったようである。ここで計らいとは、茂吉にとって素材の変化に骨折ることが、たんに物語の興味となすとか、材料のみに趣味をもつというふうに左千夫の目には映っていることを指す。

時間を隔てて今日から見れば、結局はこれらの推移は、左千夫の根本論、みずからの奥義に徹せんとした、固陋な性格が原因しているといってみるしかない。「伊藤左千夫の歌論」のなかで茂吉が、「併し、作歌運動の長い過程からいへば、いつも奥義、骨髄、根本、絶対等のみのことを叫んで居れば、実行力はいつのまにか衰ふるものである。芭蕉の正風を、絶対絶対と叫びつつ、勿体をつけて来た俳壇はいつのまにか陳腐になつて衰へた。また左千夫が、「叫び」がある、「叫び」があるといつて褒めてゐた門人等の歌が、いつの間にか平板となり陳腐となりつつあつた。言葉を換えていへば、左千夫は抒情詩としての殆ど絶対論を云つて居りながら、その「純粋」、「絶対」などの語に甘えて平板陳腐に傾きつつある身辺周囲の作物を諦視するまでに到らずにしまつた」といったことは、的を射ているのである。左千夫はその単調さにおいて、若い同人たちの反撥を買ったのであった。

「アララギ二十五年史」によると、茂吉がアララギの編集担当になるのは第四巻（明治四十四年）からであるが、第五巻七月号の編集所便には、つぎのようなことが書き込まれた。

「アララギ同人でゐながら、同人の二三人の作物が変化すれば直ぐと世人の歌の模倣であるといひ、伝染であるといひ、堕落であるといふ様な事を軽々と言ひ去る傾き有之候が、それは少しく言責を重んぜられんことを希望致し候。つまり積極的な證明を有たない漫言はいふなといふ事に候。苟も明治歌壇の発達史とその径路に就いて精細な知識を有するものならば、少くともこの三年来の歌壇に対して精細な知識を有するものならば、決して左様な言はいい得ないと信ずるものに候」

これは茂吉を継いだ古泉千樫にも、「アララギの一部の傾向を以て単に新らしからんが為めに新しきを追ふものといふが如き言をなすものあり、これ誤れる見解と存候」（八月号）とあり、この時期、左千夫と若い主力同人の対立にとどまらず、左千夫を中心とするグループとその反対グループという、二つの流れができていたことを文面からもうかがわせる。

ただ、左千夫は、歌論のうえでは激しい対立をかさねながら、実作では茂吉たちを納得させる「我が命」（これは編集の茂吉の求めによって書いた）「ほろびの光」などの力作を書いた。

おりたちて今朝の寒さを驚きぬ露しとしとと柿の落葉深く

鶏頭のやや立乱れ今朝や露のつめたきまでに園さびにけり

「ほろびの光」五首のうちの二首であるが、「二十五年史」のなかで茂吉は、「『滅びの光』五首はもつと自然界に滲徹したもので、寧ろアララギの新運動と相通ずるのである」と評し、「寧ろ翁の作物と相対立して居るものの観があつた若手の作物を追越して」いるとものべた。「この一連は左千夫先生の自然観、人生観の窮極の一つが現われている。それを技術的に観ても、各句の語感といい、句法といい、一首の格律といい、すべてにわたつて表現が全うされていると思う」と、当時の合評にもあり、対立を妊みながら分裂を回避しえた要因のひとつには、やはり左千夫の力量が大きく作用したと思われる。ついでながら、この年亡くなった啄木についても、左千夫は「『悲しき玩具』を読む」と題し、すぐれた感想を書いた。「石川君の歌は、君が歌に対するその信念と要求とによく一致している」といい、同時に、「忙しい生活の間に心に浮んでは消えて行く刹那刹那の感じを愛惜する」という意味でつくられたものが「最善の歌とは思えない」ともいった。「歌に対する自分の要求」として、「心に浮んだ感じを、更に深く心に受け入れて、その感じから動いた心の揺ぎを、詞調の上に表現してほしいのである」とのべ、いかにも左千夫らしい意見だ。

さて、少々重複するかもしれないが、「アララギ」が編集上の態度として、左千夫の選を経た歌を「選歌」と明記したのを廃止したのは、茂吉編集担当中の第五巻（明治四十五年）であった。その原因のひとつには、左千夫が長編小説の執筆で多忙になり、そのためしばしば原稿の催促をしても入らないことなどあげられようが、やはり第一の原因は茂吉らの対立から熱気が冷め気乗りしなくなったことにあった。対立はピークに達し、左千夫自身、「僕も始め真面目に論及して見る積りであったが、茂吉君から「甚だ見の浅薄なものである。」と云われ、……「見当違ひの批評に過ぎない」とまで通罵されては、もう討論を試みる勇気も無くなった。何物をも恐れざる其断定に敬意を表して「さうで御座居いますか」と引下つて置くことにしたのである」（「どうも気になる」第五巻六号）とのべるありさまになったのである。そのあとが先にのべた編集所便であった。

その一方で、この頃の「アララギ」は遅刊休刊に継ぐ遅刊休刊で、おまけに印刷費が溜まっているのに雑誌購読代が集まらなくなり、「苦心惨憺のすゑ、自己の修養を犠牲にして奮闘するに、却つて憎悪疾視の対象となるは何事であるか、それほどまでしてアララギを存続せしめる義務はあるか」と思い、古泉千樫と語らって、左千夫を訪ねて「アララギ」廃刊のことを話すと、従前からの熱心さはどこへやらであっさり賛成されてしまう。もっとも左千夫の側にもその二年前には大洪水にあって大損害を出したり、借家にかこっていた愛人に駈け落ちされたり、心身共に疲れ切っていた事情もあったらしいが、いずれにせよ、この時期は、「アララギ」

最大の危機であった。
廃刊をまぬがれたのは、報告を聞いた島木赤彦から「全力を挙げて応援するから踏みとどまれ、アララギは五六人の雑誌であつてもかまはぬ」とつよい激励をうけたからであるが、結局、その翌年七月、左千夫の急死を迎えることになる。左千夫の死が区切りをつけたのであった。ここで廃刊を覚悟したときの茂吉の「わかれ」二首を紹介する。

霜ふればほろほろと胡麻の黒き実の地《つち》につくなし今わかれなむ
夕凝《ゆふこ》りし露霜ふみて火を恋ひむ一人のゆゑにこころ安けし

『赤光』では「ひとりの道」に収められている。定本での改作はない。

九　若いアララギ

左千夫と若い茂吉をめぐる対立は、結局は左千夫の死をもって閉じられることになるが、雑誌「アララギ」の誌面で見るかぎりは、いちどは廃刊まで決意したのであるから、明治四十五年がピークとなろう。

前年から編集担当になっていた茂吉は、これまで同人間の新しい傾向にたいする作品批評にかぎられていた短歌研究の常設欄を、若山牧水、前田夕暮、尾上紫舟、金子薫園、石川啄木、土岐哀果ら、他傾向の歌人の作品にも、積極的に照明をあてるよう再編する。上っ面だけで見れば、取り上げることで歌壇全体にアララギの歌風を肉迫させるための威勢のよさを感じるが、実体は、広くさまざまな傾向の歌に同人たちの目を惹きつけるためでもあり、左千夫離れをいっそう加速させることにもなった。「アララギ二十五年史」では、この年の誌面をかざった同人たちの成功と思われる作品中にも、まだ従来の写生風を古語をつかって按配させただけの歌が多いとのべ、そのなかで概して、古泉千樫、柿の村人（島木赤彦）、中村憲吉、土屋文明らの作品は新しかったと回想している。この種の新しいという表現がひんぱんにつかわれるようになるのも、この頃からである。当然、茂吉自身の歌もそこにふくめねばなるまいが、ここでいわれている新しさの内実こそは、折から勃興していた自然主義と、それと呼応したかたちの詩歌の世界の口語自由律運動、あるいは明治中期以降からさかんに移入されたサンボリズムなどの西洋の文芸思潮であった。そこでは詩的喩法の分野もふくまれており、万葉集を奉じた根岸派の擬古的歌風はそこで、おのずと危機に晒されたのである。茂吉自身、『赤光』の境地を育成させたものとして、前田夕暮、北原白秋との交流、阿部次郎、木下杢太郎に西洋近代美術の影響をあげているが、この点では左千夫を軸にしたアララギは、この頃ではまぎれもなく古い、、、アララギと認識されていたのだった。

「一面から云へば、従来の子規在世時代の自然に対した看方の型に安住せずに、もう一歩深く自然に肉迫したとも云へるのである」と、これも「二十五年史」のなかの一節だが、問題はむしろ子規在世時代の自然と、茂吉のいうもう一歩深く自然に肉迫というときの、二つの自然のずれであろう。

そういえば私のなかにはかねてから、もともと子規は、自分の美意識によって俳句を近代文学のジャンルとして再生させたようには、短歌にたいしては熱を入れなかったという思いがある。それは具体的な方法論に踏み込んで書かれた『俳諧大要』と、当時の歌人たちへの批判的メッセージにすぎなかった『歌よみに与ふる書』をくらべてみたらすぐわかる。『歌よみに与ふる書』は、ようするに江戸後期の大結社歌人香川景樹を祖とする当時の旧派の歌人の停滞を批判することからはじまって、万葉集と金槐集を擁護しつつ、古今集・新古今和歌集の歌風批判におよんだもので、むしろ語調の辛辣さ、激越さ、歯切れのよさが目立つものだった。これは後年になって茂吉も、「子規は俳句の革新運動に率先し、議論に実作に目ざましい活動をしたのであるが、和歌に対する考は、積極的な考はあまり持つてゐなかつた」(「正岡子規の歌論」)とのべているのでもわかる。それだけに子規の和歌革新の第一歩は、これも茂吉が指摘するとおり、和歌の言語に俳句の意匠を用いることであった。つまり「三十一文字の高尚なる俳句」こそが、子規の抱いた新しい歌の原初のイメージであった。ただ、子規のなかにはこの時期、俳句をとおして方法としての写生の意識が深まっており、写生による三十一文字化もまた新しい短歌形式であった。

写生にたいする子規のかんがえは、『病牀六尺』の六月二十三日の項にはっきり全貌をつたえている。

「写生といふ事は、画を画くにも、記事文を書く上にも極めて必要なもので、此の手段によらなくては画も記事文も全く出来ないといふてもよい位である。これは早くより西洋では、用ゐられて居つた手段であるが、併し昔の写生は不完全な写生であつた為に、此頃は更に進歩して一層精密な手段を取るようになつて居る。然るに日本では昔から写生といふ事を甚だおろそかに見て居つた為に、画の発達を妨げ、又文章も歌も総ての事が皆進歩しなかつたのである。それが習慣となつて今日でもまだ写生の味を知らない人が十中の八九である。絵の上にも、詩歌の上にも、理想といふ事を称へる人が少くないが、それらは写生の味を知らない人であつて、写生といふことを非常に浅薄な事として排斥するのであるが、その実、理想の方が余程浅薄であつて、とても写生の趣味の多きには及ばぬ事である」

ようするにここで語られた写生とは、近代文学のとば口で展開された坪内逍遥の『小説神髄』から二葉亭四迷の「小説総論」で深められていった、西洋の自然主義から反照された写生主義とはいくぶん相を違えていて、きわめて手近かな職人肌に近い実感的態をなすものであった。子規はむろん『当世書生気質』をふくめて、この時期の進取の文芸思潮には精通していたが、にもかかわらず、子規の思想に、このときヨーロッパから同時にもたらされたはずの自我表現（内部表現）の思想がないのは、俳句形式のもつ伝統的な韻律との調和を優先させたからだったともいえよう。そこまで俳句形式に執着したうえでの、実際を具体的にありのまま写すという手法の徹底した開示であった。

子規はこれを中村不折という洋画家の画談から得たという。私の素朴な解釈をそこに継ぎ足せば、それは精緻な細部の描写によって醸し出された遠近法の魅力だったのではないだろうか。梢のあいだに落日がある。目線のなかでは同じところにあるものが、遠近法によってその距離もまた写生される。と、すれば写生とは、画布のうえに再現されたありのままの広大な世界ということになる。子規の面白さは画家の写生を一瞬単純化させて、俳句行為に応用させたことであった。となると、同じ子規の言葉の写生によって実現されるもの、「平淡の中に至味を寓するもの」が、子規の写生にたいする思想として大事になる。

と、こんなことは、すべての子規、茂吉について書かれた文がいっていることであって、今更、私がどうこういいだすことではない。ここは私なりのひとつの確認事項にすぎない。そのうえで、ひとつだけ追加しておきたいと思うのは、引いた文が口語体になっていることである。ここは『俳諧大要』とも『歌よみに与ふる書』ともまったくちがうところであり、四大随筆でも最後の『仰臥漫録』にわずかに混じる程度である。といって、他にないわけでもなく、晩年に書かれた「死後」「くだもの」などは口語文で書かれている。

ここで杉浦明平の「「薄っぺらな城塞」をめぐって」という、短い子規論を読んでいたら、興味深い示唆をえた。二葉亭の『浮雲』にはじまった小説における言文一致の運動は、しかし、当時のジャーナリズムその他一般社会にはまだ採用されず、明治二十四、五年頃にはもう、「さしもに騒がしかりし言文一致も今は、美人装ひ衰へて、空しく春風の過ぎ易さを喞つのみ」

（北村透谷「文界時事(1)」）という状態になっていたことを知ったからである。とすれば、樋口一葉の「にごりえ」「たけくらべ」の瑞々しい文語体も、口語体への流れに逆らったのではなく、この過渡期に実現した一葉自身の個性、ポリシイとかんがえたほうがよいようだ。つまりは茂吉が明治三十八年、病院の土蔵で読んで自分もつくってみようと思い立った『竹の里歌』は、俳句の韻律と写生の視角をもち、なかんずくその底部に底翳のように口語文の呼吸をしのばせた歌集だったのである。「甘い柿もある。渋い柿もある」という驚きは、〈柿の実の甘きもありぬ柿の実のしぶきもありぬしぶきぞうまき〉を、そのまま音声化（歌のリズム）を経て、遠く蔵王山の支峰の山裾の故郷へ自分を誘《いざな》うものであった。私などがいま見て、この歌に興味を抱くとすれば、この実感の体感的なまるごとの投げ出し方であろう。ここで情緒が機能するのは、結句のなかのうまき三文字だけだが、ここでも茂吉はこの歌の前におかれた、〈籠にもりて柿おくりきぬ古里の高尾の楓色づきにけん〉の高尾をも蔵王山の山裾におきかえて感情移入している。このときの茂吉に関するかぎり、三十一文字の俳句も写生も、みごとに茂吉の内面に図星を射るものだったといってもよい。茂吉は子規の仕掛けた罠にまことにたくみにひっかかったのである。

　子規の短歌革新への本格的な活動は、明治三十二年二月、香取秀眞、岡麓のふたりの歌人が子規庵を訪れたことからはじまった。『歌よみに与ふる書』「百中十首」を発表しはじめたのは前年二月。呼応してすぐ、子規庵で高浜虚子、河合碧梧桐、と歌会をはじめたが、これは俳人たちの歌会だった。三十二年三月から歌人による根岸短歌会発足、その直後の四月に、子規は秀眞への手紙に、写生のたいせつさを説いたつぎのような歌三首を添えている。

青丹よし奈良の佛もうまけれど写生にますはあらじとぞ思ふ
天平のひだ鎌倉のひだにあらで写生のひだにもはらよるべし
第一に千の配合其次も写生写生写生なり

仏像が出てくるのは、たまたま秀眞が鋳金家だったからである。左千夫が訪れるのはその翌年の一月、長塚節は三月で、四月の歌会でふたりははじめて顔を合わせることになった。それから子規の死にいたる三年半の短い歳月が、子規を中心とした根岸短歌会の全時間となった。その半分は病状一進一退の続くなかであったから、そこで深い表現論が組み立てられなかったとしても、それはやむをえない。茂吉もそのことは十分通じていて、『正岡子規』のなかで、作歌を続けていくうちに、俳句のほうの力量だけでは歌ができないことがようやくわかってきて、歌はまた歌の修業のたいせつなこともわかってきたとのべている。そして、晩年にはますます万葉調になったが、世の人はその万葉調の歌を擬古と称して、まったく古いもののように鑑賞したから、無量の新味のある子規の歌は、世の流行とはならずじまいにしまったともいっている。このばあい、先の『歌よみに与ふる書』に関連させて言葉を継げば、子規のこのメッセージは文脈上はいかにも苛烈に見えるが、対象にしているのはいわゆる旧派にかぎられ、新派としては、落合直文の浅香社、浅香社から出た鉄幹の新詩社、佐佐木信綱の竹柏園派とともに、そのひとつに数えられるところで、批判は避けたかたちになっている。

「明星」などは、「われらは互に自我の詩を発揮せんとす。われらの詩は古人の詩を模倣するにあらず」という信条をかかげて、子規の客観に徹した写生主義、万葉集や金槐集風を奉ずる点とは、常識的には真向対立しているが、鉄幹の詩歌集『東西南北』には序を寄せるなど、ここでも対立は避けている。避けるというより、子規のなかで短歌への配慮がまだこの程度だったというのが本音のところだろう。ついでながらこの時期、加藤千浪の流れを汲む旧派の中島歌子の萩の舎は、その門から三宅花圃や樋口一葉を生み、田山花袋や柳田国男もその初期には、桂園直系の松浦辰男に歌を習っている。左千夫も子規に出会う前には、眞淵を祖とする県居派系の桐の舎桂子の月次歌会に出ていて、ここで古調であった万葉集を知り、岡麓とあうきっかけとなり子規につながった。このあたり、当時あちこちにあった大小の歌塾が、そのプロフェッショナルな動向はともかく、層の厚いカルチャー社会を構成していたことがうかがえて興味深い。明治の面白さで、子規にあっても、子規が当時の国士風な人物のひとりで、陸羯南の知遇を受けた愛国的、伝統的国民主義的文学者であったことを思えば、『俳諧大要』の修学第三期の揷尾にしるした、「極美の文学を作りて未だ足れりとすべからず、極美の文学を作る益々多からんことを欲す」のとおり、この国の現在にふさわしい極美美学を発見することこそが活動の第一義で、寺田透のいう、「彼が念願としたのは、自分の俳句の完成以上に、まず同時代の共通財である俳句を復活せしめ美しくすることであった。歌についても同様である」(「正岡子規論」)という意見が、説得力をもって迫ってくる。

いずれにせよ子規は、少なくとも歌にかんするかぎりは、多くを舌足らずにしたままこの世を去ったのである。それがそのまま、たとえ自分を殺しても子規に近づきたいという左千夫に引き継がれて、子規から見れば孫弟子にあたる茂吉らにバトンタッチされたのである。左千夫と茂吉の確執の根はもともとそこにあり、なかば宿命的なものであったと私は思う。子規を断言肯定命題化する左千夫とその古い仲間たちと、歌という伝統の古典秩序をその内面化をとおして、新しいナショナルな抒情詩として再構成しようとする茂吉たちとのあいだには、時代の差をふくめた、ついに避けがたい亀裂が生じたのである。

ここで最初にのべた、子規在世時代の自然にたいした見方と、もう一歩深く自然に肉迫というときの自然との差異が浮き上がる。飛躍を怖れずにいえば、短歌の律そのものは自然と見做しうるかという問題もせりあがる。ここは子規のばあいには比較的簡潔にこえることができた。

極美とよぶ、一種の盲目的意志ともいうべき絶対化がイメージされていたからであった。だが、茂吉の時代には、短歌律は定型律としてもすでに約束の地とはいえなかった。短歌律を感性の自然と見做しうるためには、ふたたび徹底した検証と根拠が求められたのである。

十　茂吉のかたち

茂吉が明治四十五年に書いた『童馬漫語』のなかに「短歌の特質についての考察」という短かい文がある。この時期の茂吉流の要約でわかりよい。これによると、第一に短歌の形式は詠嘆の形式であるとして、西洋詩学のリイド（謡）、抒情詩にあたるといっている。ついで短歌は話すべきものというよりは歌うべきものであるとして、これは賀茂眞淵、本居宣長、香川景樹の説と一致すると説く。そのうえで、言語の表象的要素と音楽的要素が渾然として融合し、一首を透して、作者の心持が染々と味われる底《てい》のものでなければならぬという。こんなふうに書いてくると、さしあたって茂吉は、短歌を詠嘆の形式と規定した以外は特別にはなにもいっていないのではないかと思わせる。思わせるが、一首を透して云々で、その気むずかしいところもかいま見え、茂吉風のこだわりの発祥地点が見えてくる。情調《スチンムングストモレル》のふるひや情緒のうごきがいかに表現されているかを考慮するがゆえに、言葉の響き《グラング》と節奏《リトムス》に重きをおく以上、機智と思想（観念）は排され、また「である」「だ」の口語の助動詞助詞も排される。これは尾上柴舟の口語短歌にたいする反論の体《てい》をとっているが、「吾等が短歌の言語に対して広汎な考を持つて居ること（例へば古語を用ゐるが如き）及び枕詞・序歌の如き技巧法を否定しないのは、この短歌の第一特質を明らめてゐるからである」とのべることで、この時期、茂吉が万葉集を切り札とした伝統歌の表現技術擁護にみずからを賭していることをうかがわせる。同時にここには茂吉らをはげしく蕩揺させた自然主義派、新浪漫主義派にたいする自省の意識もまた見ておくほうがよいかもしれない。

ここで前章でも少々ふれた左千夫の「『悲しき玩具』を読む」をもういちど思い出しておきたい。

「乍併此の歌集を読んで、吾輩の敬服に堪へない一事がある。それは石川君の歌は、君が歌に対する其の信念と要求とに能く一致して居るのだ。云ひ換へると石川君は、自分の考へた通りに、其の要求の通りに作物が遺憾なく目的を達して居るのである。……石川君の歌を見ると、航行の目的と要求とが明瞭して居つて、それに対する、碇も羅針盤も確実に所有し、自分の行きたい所へ行き、自分の留りたい所へ留つて居るのである。世評許り気にして居る狡黠な作者がよく云ふ、試作などといふ曖昧な歌が石川君の歌には一首もないのである。……吾輩は茲で、『アララギ』諸同人に忠告を試みたい。我諸同人の歌は、概して形式を重じ過ぎた粉飾の過ぎた弊が多いやうであるから、石川君の歌などの、とんと形式に拘泥しない、粉飾の少しもないやうな歌風を見て、自己省察の料に供するべきである」

この左千夫の若者たちへの立ち向かいかたはすがすがしい。

ここで茂吉のいう、言葉の響きとその節奏に重きをおくとは、もともと短歌形式が、言葉をかえれば七・五の韻律が、決定論として早い時代から背負い込んだものではなかったのか。この点、茂吉を危機意識へ駆り立てたものの内には、口語自由律短歌を中心とする短歌形式そのものを軽視する動きにたいする、やりきれなさがあったはずである。左千夫のこの啄木論のなかの、自分のかんがえたとおりに、その要求通りに作品が遺憾なく目的を達している、という見方のなかには、『竹の里歌』に通じる根岸派の写生に徹した眼差しによる啄木観がある。〈痛む歯をおさへつつ、／日が赤赤と／冬の靄の中にのぼるを見たり。〉〈何となく、／今朝は少しくわが心明るきごとし。／手の爪を切る。〉〈正月の四日になりて／あの人の／年に一度の葉書も来にけり。〉などを読むと、なるほど私も、啄木のほうに子規の写生法がむしろよく写し出されている気がする。〈テーブルの足高机うち囲み緑の蔭に茶をす、る夏〉〈ビードロの鶵をつくりて雪積もる白銀《しろがね》の野を行かんとぞ思ふ〉〈かりそめに写し置きしわが後のかたみと思へば悲しかりけり〉と、これらは『竹の里歌』から。

なるほど、啄木のばあいは三行分けに句読点もふんだんに用いられ、枕詞の使用などまったくない。この分、短歌形式のもつ自然との調和を、極力極む側にまわっているといえよう。一方、『竹の里歌』では枕詞もつかわれ、いわゆる万葉風の擬古的歌風もあらわれる。ここは子規の未完了性を思っておかねばなるまい。

左千夫が茂吉たちとの確執のなかで見た啄木の歌のなかに、みずからの内に潜む原初的《プリミティブ》な根岸短歌会を追懐したのはまちがいないと思う。写生についてもしかりであった。

つぎに第二の特質として、茂吉は短歌が第一句から第五句までの五つの句から成り立つとすれば、これら五句は連続的でなければならないし、句切のばあいでも、その休止はなるべく小さいほうがよいといっている。ここにも、むろん啄木、哀果らの三行分けに対する否定、句読点使用などにたいする否定が、句切のばあいでは俳句の切字にたいする、あるいは子規の三十一文字俳句という発想にたいする抑止力がはたらいている。連続性の主張には、三十一音に限定せられた独自の詩形という、短歌定型のオリジナリティへの執着もつよい。

茂吉は、アララギのなかでは誰よりも時流を敏感に感じとれた人だけに、純粋短歌への希求も人一倍つよい人だった、と、私は思う。この点では三十一文字の短歌形式をそれ自体りっぱな自然と見做しえた人であった。ちょっと飛躍するようだが、のち西脇順三郎が『超現実主義詩論』のなかでいった「この超自然主義の詩は昔から偉大な詩人のもっていた思想であった。別に新しい詩の形式ではない」という発想が、このまま茂吉のなかで内実化した短歌形式だったといってしまえるような気もしてならない。

ついで第三点として、茂吉は短歌は意味の連続性をも要求するともいった。句の（音の）連続性を保証せよということである。ここでは五・七調だけを自立させるのではなく、五・七調によってよみがえらせた言葉の、一貫した時間軸を思ったほうがよいと思う。

最後に、短歌は単心なるものがいい、単心は純を意味し、深きを意味し、印象的なることを意味し、さらに個性的な性質のもので、現代にあっては一般謡や民謡として論ずべきものではないと思うといい切った。これは作品は作者である個に属するという文学宣言でもあった。くり返すようだが、こんなふうに見てくると、茂吉自身は短歌形式そのものにはなんの修正もくわえず、西洋化という近代化の波のなかで、小説を中心に変化と多様化しつつ発達してきた言語芸術界の動向にあって、純粋な伝統芸術の立場から、けんめいに短歌を救済しようとしている歌人であった。この点、眼差しに広い視角をもちながらも、啄木が時代閉塞を感じとったようには逸脱しない。短歌形式があるかぎり、茂吉は短歌にとって自然人であった。つぎの発言などはどうだろうか？

「予が短歌を作るのは、作りたくなるからである。何かを吐出したいといふ変な心になるからである。この内部急迫（Drang）から予の歌が出る。如是内部急迫の状態を古人は『歌ごころ』と稱へた。この『せずに居られぬ』とは大きな力である。同時に悲しき事実である。方便でなく職業でない。かの大劫運のなかに、有情生来し死去するが如き不可抗力である。予が『作歌の際は出鱈目に詠む』と云ったのはこの理にほかならぬ」(「作歌の態度」)

私自身は茂吉が短歌にとって自然人であることを証すために引いた。六年前には『竹の里歌』をはじめて読み、胸をわくわくさせていたことを思えば、すでに大人《だいじん》の風格であるが、実はこれ、明治四十五年十月、「アララギ」廃刊の危機に追いつめられたぎりぎりの時期に書かれている。その点では、大人の風格をもった余裕ではなしに、弱い茂吉像なのである。ついでこうも書いた。

「透徹した自己客観は鈍根の堪ふるところでない。それゆゑ予はおのれの分身をつくづくとながめて、かの浄玻璃にむかふが如く涙を落さねばならぬ」(同)

浄玻璃とは『赤光』明治三十九年作中の「地獄極楽図」十一首の第一首〈浄玻璃にあらはれにけり脇差を差して女をいぢめるところ〉の浄玻璃で、地獄の閻魔王庁で亡者の生前における善悪の所業を映し出す鏡のこと。なけなしの財布をはたいているような悲哀が漂うが、よくもあしくもこれも茂吉の一面であり、後年のアラキギに大きな影を落とした。あるいはまた、島木赤彦ののちの歌論「鍛錬道」をふくめて、この派のもつストイシズムは、歌壇や文壇の外の動向に影響されるというよりも、むしろこの種の、左千夫をめぐる内部的葛藤のほうが大きな役割を果したといえるかもしれない。この廃刊をめぐる失墜感を経て、茂吉はやがては母いくの死、左千夫の死を迎える。「死にたまふ母」「悲報来」の絶唱は、この未遂に終った廃刊自覚を経てもたらされたものであった。

と、話はまたあちこち飛び火するが、この時期、茂吉が考察の対象にした独詠歌と対詠歌についても少々筆をすすめておきたい。歌集『赤光』の構想的なところがかさなると思うからである。前者には「独詠歌と対詠歌」と題された明治四十年に書かれた一文があって、ここでも茂吉はとくに対詠歌について緻密な規定をあたえている。

「予の謂ふこの『対詠歌』は、いかにも直截に緊密に対者《あひて》にむかつてゐて、余所余所しくないといふことである。つまり対者にむかつて物言ふに、余所見をしない、対者以外の第三者に色目を使はないといふことである」

この色目にこだわって、対詠歌としてはきわめてたいせつなことであるにかかわらず、鑑賞者はむろん、作者も注意しないから、色目をつかったよそよそしい歌ができると茂吉はいっている。相聞歌といってよいが、そこがいかにも茂吉らしいところで、狭義化したうえで、対詠歌と名づけたのである。そして、たとえば、対者たる女を念頭においてはいるが、直接女にむかってものいっていないばあいを、いわば独り言の色調を帯びたものであるから独詠歌と名づけている。文脈をたどるかぎり、これも相聞の一首であろう。茂吉のこのかんがえをそのまま横すべりさせれば、『赤光』中読者にとりわけつよい印象をあたえた「おくに」十七首、「おひろ」四十四首も、相聞の雰囲気を堪えているのは、〈ほのぼのと目を細くして抱かれし子はさりしより幾夜か経たる〉など、独詠歌による「おひろ」だけであることがわかる。

さて、伊藤左千夫が脳溢血で亡くなったのは大正二年七月三十日のことであった。このとき茂吉は赤彦に会うために長野の上諏訪まで来ていた。千樫からの電報でその死を知り、とりあえず赤彦宅をたずねて、赤彦も自宅にもどっていたのでいっしょになり、翌日本所茅場町の左千夫宅へ駆けつけた。晩年の左千夫は九女三男の子宝に恵まれながらその多くを夭折させ、搾乳業も数度の水害で牛三頭を失うなど、侘しい生活を強いられていた。とりわけ茂吉たちとの確執は、左千夫の死をどこかで早めたようであった。

「人生の悲しみを共に語り共に泣きうる人があって、詩作に奈事に相慰め合うことが出来るならなどと、考は益々我れを悲しみに誘ふのであつた。夢のやうに不思議な一夜であつた」とは、「唯眞鈔」という日録明治四十三年十一月二十八日のものだが、実直な人柄だけにたしかに哀切をそそる。茂吉が悼歌「悲報来」十首を入れて、第一歌集『赤光』を東雲堂から出版したのは、それから三ヶ月後の十月であった。その跋にこう書きとめた。

「アララギ叢書第二編が予の歌集の割番に当つた時、予は先づ此一巻を左千夫先生の前に、捧呈しようと思つた。而して、今から見ると全然棄てなければならぬ様なひどい作迄も輯録して往年の記念にしようとした。特に近ごろの予の作が先生から褒められるやうな事は殆ど無かつたゆゑに、大正二年二月以降の作は雑誌に発表せずに此歌集に収めてから是非先生の批評をあふがうと思つて居た。ところが七月三十日の、この歌集編輯がやうやく大正二年度が終わつたばかりの時に、突如として先生に死なれて仕舞つた。それ以来気が落ちつかず清書するさへものうくなつて、後半の順序の統一しないのもその侭におくやうになつたのは其為めである。はじめの心と今の心となにといふ相違であらう。それでもどうにか歌集は出来上がつた。悲しく予は此一巻を先生の霊前にささげねばならぬ」

　これもまた絶唱というべきであろう。茂吉は後年、「左千夫先生の門人でよかつた。鉄幹の門人にでもなつたら、どうなつてゐたことだろう」と、いくども洩らしたというが、ここでも一文字も手を弛めていない。

十一　啄木の内部急迫（drang）

啄木はわずか二十六年六か月の短かいいのちだった人であるが、その一生は内的にも思想的にもきわめて屈折に満ち、同時に生活実質においては近代の苦悩そのものを体現した。「啄木ほどに多く論じられ、回想され、関説された作家は、日本近代文学史上にその例がない」とは、私がテキストに使っている、戦後昭和四十二年から刊行された筑摩書房版全集の小田切秀雄の解説で語られている発言だが、その後の宮沢賢治を除けば、たしかに小田切秀雄ならず私のような浅学のものにも肌にそう感じられる。このことは平成十五年版の講談社文芸文庫の金田一京助の『新編　石川啄木』で斎藤愼爾がやはり解説で、「近代歌人の中で、愛読者の数と研究論文の数が多い点では、啄木と斎藤茂吉が双璧といわれる」とのべているのにそのまま引き継がれる。ここへもうひとり、こちらは昭和二十四年の福田恆存の、「なるほど、啄木のなしとげた文学上の業績は、いくぶん否定的にいへば、いづれも粗雑で、未完成なものが多く、ことにその短歌にいたってはそれがはなはだしく、それ自体として鑑賞にたへえず、したがってそれらに読者が深い感慨をこめうるためには、つねに当時の作者の生活上の事実を索引としなければならぬていのものなのである。元来、和歌にせよ俳句にせよ、日本の芸文一般についてそのことはいへるであろう。啄木はその代表者であった。いや、それ以上だったのである」という発言をかさねておきたい。但し引用は一面ではスクラップでもあるので、誤解を避けるためにのべておくが、たんなる啄木否定ではない。福田恆存は印象主義批判といっているが、生涯の伝記的事実の索引を経ないで、作品そのものから批評を紡ぎ出せといっているのだ。これも今日からみればけっしてめずらしい発言ではなく、作中の〈私〉と発話者である作者の〈私〉とは当然別個の存在だが、近代の私小説傾向のつよい時代のなかでは、批評もまたこの〈私〉を混淆一元化して、そのためにその背後関係がたえず索引されてきたのも事実だった。(田山花袋の『蒲団』を思い出してもよい。あの小説は作者自身の赤裸々な自己告発という批評が出たばっかりに、自然主義=私小説のお手本のようになってしまったが、実際は自己告発と見せかけた花袋の虚構だった!)

しかし福田恆存のこの発言は、このときの福田の意図はともかく、啄木がいまなお多く論じられる過程には、冒頭でのべたような、ひとつは生活者、ひとつは思想的な内的な直感力によって、近代そのものをその深淵において(正の方向においても負の方向においても)体現したこと、日記や手紙などあらゆる散文をふくめて表現の価値として残したことがあげられねばなるまいと思う。一葉と共に啄木の残した日記への情熱も語られねばならぬと思う。また多くの批評的文章がなかば日記の延長線上で語られていることにも、注意を払わねばなるまいと思う。

と、さまざまな要素をふくめながら、しかし啄木を啄木たらしめるのは、ローマ字日記を書きはじめた明治四十二年四月から明治四十五年四月の死にいたる、たった三年間であった。しかもその三年間に、生活者として、思想的人間として、言語表現者として、その深淵をくぐり抜けた。谷川雁の言葉を借りるなら深淵を成長したのである。集中する三年間であるがゆえに、当然そこには多くの謎（物語）がふくまれる。たとえば有名な「食ふべき詩」を書いている啄木の背に影絵のように寄り添うのは、妻節子に娘を連れて逃げられ、金田一京助のところへ飛んできて、「かかあに逃げられあんした」と頭を掻いて、坐ったなり、茫然として、すぐには口を利かなかった啄木である。「若し帰らぬと言つたら私は盛岡に行つて殺さんとまで思ひ候ひき」（新渡戸仙岳宛書簡明治42・10・10）と恩師に臆面もなく泣きついている啄木である。これは福田恆存のいう索引的興味ではなく、まぎれもない明治人としての自我像である。ついでながら私は、もう三十年近くも前になるが、「長男の運命」という文章を書いたことがあった。（山形新聞夕刊昭和62・5・29〜30）宮沢賢治、中原中也、辻潤といった人たちの生涯をたどっているうちに、どこかでわだかまったままになっていたひとつの感想がよみがえったからであった。その一節をここの掲げておく。

「しかし、いま、私がここでかんがえたいのは、直接にはそんな啄木の困窮のことではない。父母や妻子を野辺地や友人の家に居候させ、その重圧に日々さいなまされながら、にもかかわらず、そのことを一刻も忘れないでひき受けつづけた啄木の内面の文学生活のことである。言葉をかえれば、父母をはじめ全家族を、どこまでも引きつれねばならなかった、啄木をとりまいた圧倒的な日常の現実と、その現実を宿命として受容して、けっして懐疑さえはさむことのなかった啄木の態度である。ゆえにもし父母の居るところを故郷とすれば、これほど過酷な望郷はありえない。啄木の望郷歌は、裏返しされた棄郷歌と読むべきであろう。たった一、二ヵ月のあいだに、なんとか文学生活を成り立たせようなんて、どんなに高く自分を見積っても、どだい無理だ！その無理をしていることが、啄木の運命であった。のちに啄木は書いた。

「二十歳の時、私の境遇には非常な変動が起つた。郷里に帰るといふ事と結婚といふ事件と共に、何の財産なき一家の糊口の責任といふものが一時に私の上に落ちて来た。さうして私は、其変動に対して何の方針も定める事が出来なかつた。凡そ其後《そのご》今日までに私の享けた苦痛といふものは、すべての空想家——責任に対する極度の卑怯者の、当然一度は享けねばならぬ性質のものであつた」（「食ふべき詩」）」

ここだけ読めば、ひたすら受苦に耐えている明治人啄木の長男像ばかりが浮かびあがるが、その一方では寺のたった一人の男児として、溺愛する両親（とりわけ母親の過保護）のもとで、わがままいっぱいで育っていた啄木もまた明治の長男であった。その転落する急勾配のカーブが十九歳の年にはじまったのであるが、傾斜がほぼ絶壁に近いほどきびしかったがゆえに、生活人啄木像の彫りを一段と深いものにする。伝記的な面からでもそうだ。私は啄木を啄木たらしめるほんとうの時間を晩年（といっても二十代半ばの）の三年間に限定したが、このはじまりは「明星」終刊と「スバル」創刊の時期にかさなる。「スバル」では発行名義人にもなっている。それが明治四十三年の第一歌集『一握の砂』と大逆事件の遭遇を経て四十四年の時点では、「文学的交友に於ては、予はこの年も前年と同じく殆ど孤立の地位を守りたり」（明治四十四年当用日記補遺）と書くにいたる。それは必要がなかったからだが、この間、木下杢太郎は時々たずねてくれ、漱石には朝日で二葉亭全集の仕事をやっていたためにしばしば会見におもむいたとのべている。これに大逆事件の公判記録など読む便宜をあたえてくれた「スバル」発行人でもあった弁護士で歌人の平出修を抜いてはならないだろう。そして四十四年に入ってすぐ土岐哀果（善麿）が登場し、ついで若山牧水との交流がはじまる。しかもそれは常識的には尋常ではない。その牧水に看取られながら啄木はこの世を去り、哀果の奔走で第二歌集の原稿料が死の四日前に節子の手に渡っている。会葬の文壇関係に漱石や相馬御風の名を見た人にはおや？　と思う方も多いだろう。先の二葉亭全集の仕事をはさまないと見えにくいのである。

こちらは余談だが、四十四年一月二十三日の啄木日記にこんな記事があるのを見ておやおやと思った。

「休み。

幸徳事件関係記録の整理に一日を費やす。夜、母が五度も動悸がするといふので心配す。

〔受信〕　荻原藤吉といふ人より。」

これはつづけて二十七日には金田一が来て聞いて、それが俳人の荻原井泉水であることを知る。この頃井泉水は四月に創刊する俳誌「層雲」（新傾向中央機関誌）の準備に追われており、啄木に執筆依頼をしていたのである。「御申聞けの件は、難有お受け仕候」という一月二十九日付の手紙も残っていて、しかし直後に慢性腹膜炎で入院したために書けなかった。そのままになってしまったが、私は自由律俳句にたいする考えなどぜひ聞きたかったと思う。いずれにせよ、啄木のばあいにはその最晩年にこの種のさまざまな入れ替えがあり、それが死によってあっけなくすべて未完のまま閉じられてしまった。しかもそこに近代の悶えをすべて封印したままにである。こういう未完の凄まじさは透谷、一葉と並んでヒケをとらない。

そこで、ここに大正三年一月に書かれた牧水の「石川啄木君の歌」という短かい文がある。ここで牧水ははじめに短歌だけを頭におかず、一般の文芸界を見ると、北村透谷、国木田独歩、石川啄木などという人は、自分の心にいつも同じ光を放って連想せられるとのべたあと、こうのべた。

「啄木歌集一巻を貫いているものは、消そうとして消し難い火のような執着である。同時に無限の絶望である。造次顛沛《てんぱい》、彼は寸毫も自己を忘るることの出来ない人であった。意識して、また無意識のうちに、常に自己のみを見詰めていた人である。彼は強ちに強い人ではなかった。たびたび自己を茶化そうと試みている。而も完全に茶化し得ることも出来ず、知らず知らず全い自分の姿に立帰つているときが多かつた。その時に出来た歌がみな空を渡る風のような捉えどころのない好い歌となつて遺稿の裡に残つている。自己をのみ念頭に置いていた彼は常に現在に安住することの出来ぬ人であつた。何か為し得ると信じ、為さねばならぬとあせつた。そして一面彼は現実に根ざした空想見であつたのである。悲しき玩具と自分の歌を読んでいたことはいかにも彼にとつては悲しき眞実であつたに相違ない。歌に限らず、彼が持つていた現在は、みな悲しき玩具であつたかも知れない。彼の歌の基調をなしている絶望はその辺から生れて来たものと認めてよいであろう」

これなどは先の福田恆存のいう印象主義批評のひとつといえそうだが、牧水のばあいは作品のなかからひだの多い啄木の全人性を、たくみにしかも柔らかく包み込むようにとらえている。これは哀果が、「自由な散文の国土を死ぬほどの覚悟であこがれた彼が、伝統的な短歌の制約に返つたということは、小説を書いても書けなかつたための、一種の回避には違いない」(「明日の考察」）ということも承認したうえでの、ほとんど散文読みの態度といっていい。この哀果は歌集『一握の砂』のモティフを、この散文の世界にたいする煩悶とあこがれ、詩の世界にたいする反逆とかなしみとによって成ったといったが、牧水の読みは悲しき玩具として無限の絶望に追い込むことで、あこがれた散文の国士と同じものを得たとみとめたのである。このあたり、前号で紹介した伊藤左千夫の「『悲しき玩具』を読む」などをふくめて、一歩まちがえれば、浅い述懐、日常報告、感傷ナルシシズムなどともとられかねない、啄木が歌で示した生活実相を徹視で相渉るという態度を、方法的によく救いえた例だろうと思う。牧水のいう、よそよそしく歌というものを取り扱っていたことがかえって歌のうえによい効果をもたらしたといい、歌をつくるぞというばあいにバカバカしいくだらぬ歌になっているというのは、自戒をふくめた卓見である。その意味では「歌は悲しき玩具」であるという認識は、はからずももたらされることになった方法論であったといわねばならない。

牧水は早稲田大学時代から哀果としたしみ、回覧雑誌など発行したり、その後もよくいっしょに旅行したり、親交が続くから、啄木への接近も哀果が交わることでごく自然だったにちがいない。牧水が啄木を訪ねたのは明治四十四年二月三日、入院の前日であった。

「夜、若山牧水君が初めて訪ねて来た。予は一種シニックな心を以て予の時世観を話した。声のさびたこの歌人は、「今は実際みンなお先真暗でござんすよ。」と癖のある言葉で二度言つた」と、その日の日記に記している。啄木の共感と安らぎの滲み出る、牧水の人柄を感じさせる文面だが、歯切れよい鋭い文章でもある。哀果にはじめて会ってからちょうど三週間目であった。だが牧水が主宰した「創作」には前年五月の一巻三号を皮切りに、五、八、九号、第二巻一、二、三号と、『悲しき玩具』に収録した作品の多くを発表しており、直接の出会いが遅かったのはこの時期、牧水が旅に出ていたからだったろう。

シニックな心とは、一月に十二名が処刑された大逆事件の結末と時代閉塞を思ってのことだったろう。牧水の歌集『路上』のなかに大逆事件を歌った一種がある。

虚無党の一死刑囚死ぬきわにわれの『別離』を読みゐしと聞く

『別離』は四十三年四月に刊行された千四首を収めたこの時点の全歌集で、歌人としての声価を不動にした歌集であった。差入れされていたことは、この日啄木からきいたのであろう。牧水は啄木と同年で、中学時代『みだれ髪』を読んで「明星」の歌風に染まったが、明治三十八年、尾上紫舟を中心に前田夕暮らと「車前草社」を結成した三十歳の頃から、自然や生活凝視、人間凝視の深い歌を書くようになった。この点では牧水、哀果、啄木を結ぶラインは歌史的にもけっして不自然ではない。独歩の作品に傾倒していたことも、透谷、独歩、啄木と繋がらせたのだろうが、私はここではこの時期の透谷の読まれ方にも興味がある。

この牧水は明治四十三年三月「創作」（第一期）を創刊した。この第一期は翌年十月休刊するが、先にのべたとおり、晩年の啄木にとっても重要な役割を果たすことになった。歌だけでなく、「一利己主義者と友人との対話」、さらに「はてしなき議論のあと」の二次稿もこの誌の巻頭を飾ったからである。結局、牧水は、啄木の臨終に立ち会ったゆいいつの文学者になるが、興味深いのは金田一の『石川啄木』のなかの「啄木の終焉」の一節だ。啄木の死の朝、早朝、車の迎えで驚いて駆けつけた金田一は、これも電報で呼び出された牧水に会う。いずれも啄木がみずからの意志で呼んだものだった。

「……若山君、半身をせり出して畳へ手首を向に左手を衝いた。啄木は「こないだはありがとう」とにっこり目礼したのは、若山君の斡旋で「悲しき玩具」の稿料を受取った礼だった。それから、目の前の若山君の太い手首をじっと見ながら、「君は丈夫な体でいいなあ。僕も、もいちど、そういう体を欲しいな」とはっきり云うので、今度は三人、本当に顔を見合わせてほほえんだ。それから何を云うかと思ったら、「君、あれをねぇ」という風なことから初まって、二人で出していた雑誌「創作」の次号のことを言い出した。癒ったら、今度はどうこうしようという言葉まで出る様になり、段々元気になって、……」（傍点筆者）

私は研究者ではないので微妙なことの当否には興味がない。だが、二人で出していた「創作」のことをいい、次号のことをいいだした、と、その場で金田一が聞いて思ったこともまちがいなかろう。そのあと、「今日は、学校の日でしたね、行っていらっしゃい」と啄木にいわれて、金田一は勤めの学校に行き、その数分後に絶命したという。節子も枕頭を離れていたので、文字通り牧水ひとりが看取ったのであった。実際には「創作」はこの時休刊中で、ここで話題になったとすれば第二期のことであったろう。大正二年八月には復刊している。あるいはここで、「休刊は惜しいね」「じゃまたやるか」「そのときにはね」と、啄木の構想がくわわったかもしれない。そんなふうにここにいたる過程で話し合われていたことであった。啄木の歌が多くが「創作」誌上を飾ったのも、そんな背景があったからに他なるまい。

さて、啄木を啄木たらしめた晩年とは、すでになんども語ってきたように、「歌は悲しき玩具である」に体現される歌の別れの時間であった。この歌の別れのために歌を必要したところが啄木が啄木たるゆえんであった。牧水や哀果はさすがにこの逆説のもつ魔を洞察している。後年の小野十三郎がいった「歌と逆に歌に」の応用もここでは可能だろう。「詩は所謂詩であつては可けない。人間の感情生活（もつと適当な言葉もあらうと思うが）の変化の厳密な報告、正直なる日記でなければならぬ」とは、「食ふべき詩」でのべた到達点であるが、この報告、日記、断片等々の用語を、表現論にいたる過程としてとらえる目がなければ、啄木の内部は見えてこない。牧水のいう「くだらぬ歌はこの才人が歌を作るぞという場合に於て作られたもの」とは、この「詩は所謂詩であつては可けない」に通底するが、牧水の目にはそこを痛ましいほどによろめきながら歩む姿もまた見えていたのである。

ところで啄木が哀果に会ったのも、牧水と出会うほんの三週間ほど前の一月十三日のことであった。この哀果が四十三年四月に出したローマ字三行書きの第一歌集『NAKIWARAI』が『一握の砂』の三行書きを生んだこと、啄木が「歌のいろ〳〵」で哀果の歌を褒めたことが出会いのきっかけになったことはすでに書いた。当時哀果は読売新聞の記者をしていて、その日啄木は読売に寄って哀果に会うと自宅に誘い、その日いきなり新しい文芸思想雑誌の創刊を協議、二人の名を重ね合わせて「樹木と果実」と名づけた。初対面の印象を啄木は、「たゞ予の直ぐ感じたのは、土岐君が予よりも慾の少いこと、単純な性格の人なことであつた。一しよに雑誌を出さうといふ相談をした。……土岐君は頭の軽い人である。明るい人である」と、その日の日記に書き、さらに翌日の宮崎大四郎（都雨）宛の手紙にも同じことを書いて、雑誌経営の詳細にも言及した。二人で出すことになったのは、たまたまその三、四日前の読売に、去年の前半の歌壇は牧水、夕暮の歌が中心だったが、年末に近づくと共に哀果、啄木二人の歌に頭が支配されるようになったという記事が出たこと。つまりいまや歌壇に二人の時代が来ており、この機運をむなしく逃したくないので踏み込むことにしたとのべている。また歌の雑誌だと五十円もあれば出来ることから、たがいに五円ずつ出し合い、四百部つくって三百五十部の読者を確実にしたいとものべている。都雨への手紙はこのための前金購読者獲得の願いだった。ここでは内容にふれられていないが、この日から八日後の二十二日の平出修宛書簡では、「時代進展の思想を今後我々が或は又他の人がゞ唱へる時、それをすぐ受け入れることの出来るやうな青年を、百人でも二百人でも養つて置く」これこの雑誌の目的です。我々は発表を禁ぜられない程度に於て、又文学といふ名に背かぬ程度に於て、極めて緩慢な方法を以て、現時の青年の境遇と国民生活の内部的活動とに関する意識を明かにする事を、読者に要求しようと思つてます。さうして若し出来得ることならば、我々のこの雑誌を、一年なり二年なりの後には、文壇に表はれたる社会運動の曙光といふやうな意味に見て貰ふやうにしたいと思つてます」

と、明確に刊行企画を伝えている。哀果はのち、パンフレット的な雑誌の発行計画であったといい、「彼はここに「明日の考察」を発表し研究し、彼の謂ゆる確実なる理想としての「必要」の意義を闡明し、文学本位の文学から一歩進んで、「人民の中に行く」という希望と期待に胸を躍らせた」(「明日の考察」)とのべた。この雑誌は印刷所の倒産などで、結局は出せずじまいになるが、私はむしろ自然主義が詩歌にもたらした影響のなかで出現した、牧水や哀果の存在が興味深い。彼らは共に深い同情をこめてこの時期の啄木に接近しているからである。同情とは啄木の抱く思想的内面への同情であって、そこでは大逆事件がもったエートスのようなものさえ感じさせる。

　ようするに啄木の、とりわけ晩年の三年を対象にするとき、胸を打たれるのは日々成長する啄木像である。成長というより激変というほうがよいかもしれない。死の翌年哀果が編んだ『啄木遺稿』に略伝を付した金田一京助は、最後をこうくくった。

「石川君は幼年時代は何人にも愛された。雄飛した青少年時代は或は批難の声もあり或は敵もある。若し夫れ、晩年殊に病革《あらた》まる前一両年に亘った最後の石川君の変化は、昔の事を知ってる人には談しても却って腑に落ちないかも知れぬ。昔の事は別して知らずに、いきなり『悲しき玩具』及『一握の砂』を玩味する人には却ってよく分かるであろうと思う。漫然年齢の差を以て弟の如く親しみ狎れていた私なども、晩年に於ては一箇の年若き哲人として、思想家として、徹底せる崇高な人格として、中心から畏敬して居た。すべては運命であろうけれど、これ迄身に過ぎる苦労を重ねて来て、いざ此からという時に、俄に天が此の人の命を断ったのは、何とも痛惜の極みである」

　なにが腑に落ちないのか、これだけではわからない人も多いだろう。啄木は東北の田舎の男の子ひとりの寺の子でいわゆるぼんぼんだった。勝気だが極端な過保護の母親に育てられ、才気はあるが、わがまま、見栄坊、人一倍ヒロイズムが強く、そこに空想癖、のち長じてからは、不遇と不満がかさなった。この性行が十七歳の年、はじめて投稿した短歌一首が「明星」に載るや、自分の才能を過信して学校を退学、文学をもって身を立てると意気込んで上京する。たちまち失敗して窮乏と病気のなか、父の迎えで帰郷するが、結局これらの費用などがかさなって、父一禎は檀家から預かって本山へ送るべき宗費を滞納し、そのために寺を追われる破目になる。十九歳の時の境遇の変化であるが、この事件は二ど目に上京して、詩集『あこがれ』の出版に奔走していたときの出来事であった。ぼんぼんの長男は、長男であるがゆえに家産がなくなるや否や、そのツケを背負わされたのである。そこから不遇をかこち不満の貧乏生活がはじまり、北海道を転々とする。

三ど目の上京は明治四十一年四月、「小生の文学的運命を極度まで試験する決心」（向井永太郎宛書簡）をしての、自然主義のもと散文の自由の国土を夢見ての上京であった。だがそれも一か月余りに三百余枚の小説を書くが、かろうじて『鳥影』一篇が東京毎日新聞に連載されただけで失敗する。四、五百首の短歌をつくるのはその失望のなかである。ようやく朝日新聞の校正係に採用されたところで、函館の宮崎都雨の元に預けていた家族の突然の上京で、本格的な晩年の窮乏がはじまった。これも母親の無理解と頑迷にもとづく押しかけ上京で、ここでも過保護のツケを支払わされたのである。しかし、ここから母親と妻の確執、妻の家出などのきびしい生活体験をえながら、二葉亭四迷全集の仕事や大逆事件への関心をとおして、晩年の大回転の三年間がはじまる。「食ふべき詩」はその経過をたどったあと、

「詩が内容の上にも形式の上にも長い間の因襲を蟬脱《せんだつ》して自由を求め、用語を現代日常の言葉から選ばうとした新らしい努力に対しても、無論私は反対すべき何の理由の有《も》たなかつた。「無論さうあるべきである。」さう私は心に思つた。然しそれを口に出しては誰にも言ひたくなかつた。言ふにしても、「然し詩には本来或る制約がある。詩が真の自由を得た時は、それが全く散文になつて了つた時でなければならぬ。」といふような事を言つた」と書きしるす。「食ふべき詩」は明治四十二年の晩年に書かれているが、文脈をたどるかぎり、この年六月家族が上京して本郷区弓町の床屋の二階に居を定めた日がドン底となる。私のいう晩年の三年間もこの時を起点とする。

どんなわがままであれ、どんな見栄っ張りであれ、啄木は明治の長男の運命を一心に背負わされたことはたしかであった。この点では啄木もまた例外ではなかったというだけである。そのうえで貧乏が生活意識を思想化し、外部に注ぐ眼差しを用意し、啄木独特のラジカリズムを生み出すことになった。私のかんがえにまちがいがなければ、啄木の歌は『一握の砂』もさることながら、『悲しき玩具』をもつことで深淵に迫ったはずである。のち芥川龍之介は「斎藤茂吉氏は「赤光」の中に「死に給ふ母」、「おひろ」等の連作を発表した。のみならずまた十何年か前に石川啄木の残して行った仕事を——あるいは所謂「生活派」の歌を今もなお着々と完成している」(「文芸的な、余りに文芸的な」)と、啄木と茂吉を結びつけたが、このばあいも芥川龍之介の関心は、『悲しき玩具』の歌人啄木であった。そしてそれは茂吉とは逆に、短歌という詩形を虐使するところからはじまったのは、すでに牧水の発言のなかで見たとおりである。『あこがれ』以来天才的といわれた豊富な語彙力を駆使して、思想的エッセイの分野でも新鮮な衝迫力《インパクト》を漲らせるのにたいし、歌の世界では逆に抑制されているということだ。一例をあげると、歌集『一握の砂』には、明治四十一年小説の売り込みに失敗したあと、「頭がすっかり歌になっている。何を聞いても皆歌だ」とある六月二十五日の入る歌稿ノート「暇ナ時」六百五十一首からはわずか六十七首しか収録されなかったことだ(国崎望久太郎「啄木における短歌と話の問題」)。このうちの数首を歌稿ノートから引く。

頬につたふ涙のごはず一握の砂を示しし人を忘れず
東海の小島の磯の白砂に我泣きぬれて蟹と戯る
灯《トモシ》なき室に我あり父と母壁の中より杖つきて出づ
飄然と家を出でては飄然と帰りたること既に五度
たはむれに母を背負ひてその余り軽きに泣きて三歩あるかず

それが歌集では一首目の「涙」は「なみだ」。二首目「我」は「われ」、「戯る」は「たはむる」に。三首目「灯」が「灯彩」、「中」は「なか」に。四首目下句「帰りたること既に五度」が「帰りし癖よ友はわらへど」。五首目「余り」は「あまり」に、「あるかず」は「あゆまず」に改稿されている。それ自体に大差はない。この事実から、「東海の」などの歌の数々が、叙景的に歌われたものではなく、暗い一室にうずくまった状態の、きわめて内省的な意識の産物であることも了解される。

つまり、啄木は単純な漢字表記をもひら仮名へと転じさせたのである。単音化を意識したといっていいと思う。そして、これが、啄木にとっての歌による歌の別れであったが、同時に記憶しておかねばならないのが、「食ふべき詩」と同時期に書かれた「心の姿の研究」から『呼子と口笛』にいたる詩のながれである。ここにもすでに『あこがれ』の面影はない。語法という面では、私は明治四十一年十一月の「明星」百号（終刊号）の「物なやみ」ら三つの詩にはじまると思っている。

青草の繁みの中に
我一人身を横《よこた》へて、
鉄軌《レエル》の路の彼方なる
真夏の城の銀《しろがね》の柵かと見ゆる

白樺の木立を遠く眺めつつ、
眺め入りつつ、
ふと、八月のいと暗き物のなやみを、
捉へがたなく、言ひがたき物のなやみを
思ひ知りにき。――目の前を黒き暴風《はやち》の飛ぶごとく
汽車走《は》せ過ぎて、またたく間、
白き木立を遮《さへぎ》りし
あはれその時。

『一握の砂』につながる啄木の抒情世界にはちがいないが、口語自由詩形を基本に、リズムの整合性として、主として助動詞助詞に文語が導入される。ここも歌集と同じであるが、この手法の延長線上でのちの『呼子と口笛』の詩篇、その初期形と思われる川並家所蔵詩稿ノート版の九連にわたる長詩「はてしなき議論の後」が可能になった。この詩篇は四十四年六月十五日から十七日にかけて各連に番号をつけて組詩風に構想され、直後内六篇の異稿が「創作」に。さらに『呼子と口笛』と表題をつけた詩稿ノートでは、「創作」発表分に推敲をかさねて独立した表題がつけられた。二つの歌集が未知の若者たちのあいだに膾炙して、歌の裾野を大きく

広げたのにたいし、「時代閉塞の現状」というエッセイとこの『呼子と口笛』の詩稿はさまざまなかたちで啄木を社会主義の先駆者とした。先の牧水の啄木論と同じく早い時期に書かれた、荒畑寒村の「緑蔭の家」を読めばよくわかる。寒村はいった。「……「墓碑銘」と題する一篇を読め。此の詩が啄木の実際生活より来れるものか、将に単に空想の産物である乎は、ここに問わんとする処でない。然し乍ら、是は明らかにアナーキストの詩、労働者の詩である」

ここから戦後になるといっそう、「時代閉塞の現状」のなかの「敵の存在意識」と「明日の考察」が結びつけられて社会主義者啄木が増殖していくのであるが、詩としての価値は、むしろ啄木が、一篇の詩のなかにいかにして散文の量を盛るかに腐心したところにあった。「時代閉塞の現状」の価値もまた、あらゆる現実生活のなかに批評のメスを入れようとしたところにあった。現在の私たちに馴染み深いことばでいえば、詩は批評であるの断言といってよいだろう。そこに啄木のラディカリズムの根柢があった。啄木が大逆事件を見つめるなかで同時代の誰よりもすぐれているのは、強権としての国家を意識し、その国家からの疎外態にいま自分たちがあることを、明確に意識したところにあった。そこに敵の存在を意識したことから、明日の考察のなかに社会主義が登場することになるが、詩的空想によって明日を体現したとされる「墓碑銘」でも、労働者、バクーニン、唯物論者、五月一日などという、当時としては一般にはまだまだ馴染まれなかった言葉を普遍化させたのは、この詩のもつ独特なリズムであった。

私はここは「時代閉塞の現状」の「新しく今や我々青年は」にこだわったほうがよいと思う。時代閉塞とは一方では瀕死の自然主義だったからである。啄木はそれを晩年の生活の不遇と不満のなかから見出した。

私にとって興味深いのは、この『呼子と口笛』を構想している直前には、妻節子と盛岡の実家に帰省の件をめぐってトラブルを起こしていることである。前の家出にこりてこの願いを許さなかった啄木は、妻の実家に絶縁の宣言までしている。甘ったれただだっ子の人一倍寂しがり屋の啄木は、まぎれもなくこのときにも生々しく存在したのである。そんなことにかかわりなく節子も倒れ、やがて家じゅうの窮状のうちに終末を迎えていく。そんななかの死の四、五日前の哀果との対話が楽しい。歌集を出す話がまとまって稿料をもって啄木を訪ね、かわりに原稿をもって帰るときである。

「かへりがけに、石川は、襖を閉めかけた僕を、「おい」と呼びとめた。立ったまま「何だい」と訊くと、「おいこれからも、たのむぞ」と言った」

十二　茂吉の内部急迫（drang）

茂吉が書いた大正三年二月の漫筆のひとつに「写生の歌」というのがある。短いので全文かかげる。

「正岡先生は俳句にも文章にも短歌にも、『写生の味』の妙である事を力説した。正岡先生の門人である長塚節氏は、『写生の歌』を唱へた。その後アララギの歌風も幾変遷を経過した。このごろ長塚氏に会つた時『君の歌は面白いが、写生風の歌になるとどうも駄目だと思ふ』と云はれた。此言は誠に味ふべき言である。縦し写生する手法が、長塚氏の『写生の歌』当時の手法に異るにしても、矢張り根本に於て、真実な写生の味が貫いてゐて、其が土台になつてゐたい様な気がする。正岡先生の云はれた『捉へどころ』といふ事も単に輪郭だけの急所でなく、もつと深い生命の急所にまで突込んで捉へる様に努力したいのである」

のち、「短歌に於ける写生の説」でも、ふたたびこのことに言及しているから、茂吉にとって先輩格の長塚節のこの時の発言は、想像以上に重く響くことだったのだろう。同時に、茂吉が写生について、具体的に筆を取りはじめたのも、このあたりからであった。だがこの文、多少は節を気づかってか、異を唱えているのかどうかも、どこか奥歯にものがはさまったような感じで終わっている。

前提になったのは、長塚節が明治三十八年に「アララギ」の前身であった「馬酔木」に発表した「写生の歌に就て」のなかの、「直ちに天然に接触して、写生をするといふのが現在の急務であると考へた。……すべての天然物が皆面白い。暫くはこの眞面目な写生に立脚地を定めようとした」の一節である。そこを節は「感じを表はす」ともいったが、客観の趣味ということに写生の意味を限定させたのもたしかであった。つまり、「写生といふ事は、天然を写すのであるから、天然の趣味が変化して居るだけ其れだけ、写生文写生画の趣味も変化し得るのである。写生の作を見ると、一寸浅薄のやうに見えても、深く味へば味はふ程変化が多く趣味が深い」という子規の『病牀六尺』の説とくらべても、節の理解は子規の線《ライン》に繋がっているといってよいと思う。あえて子規歿後で見るなら、高浜虚子の唱えた深さ厚さをともなうもの、写生に徹することによって可能になると思われた自然随順の思想（花鳥諷詠）に近いといっていいだろう。

むろん、茂吉もそのことは十分にみとめており、アララギ以前の、子規以来の写生についての歴史も、そのとおりであったとのべている。それではアララギはどうだったか。アララギの初期でも島木赤彦が雑誌「アカネ」で写生の歌を取りあげて論じたぐらいで、そうとりたてて追求はしてこなかった。理由は、皆おのずから、真実の意味の写生を実行しようとしていたがために、わざわざ論ずるまでもなかったからだ。つまり根岸派として、万葉集を奉じた擬古的な歌風と共に、暗黙裡の了解として潜航していたということになる。

大正三年二月といえば、左千夫が歿して七ヵ月、『赤光』が出版されて五ヶ月目であり、茂吉がいう初期とは、この左千夫生存時代までを指すと見てよいだろう。と、すれば、節と茂吉のこのささやかな対話は、結果的には、その後のアララギとの大きな分水線、節目となるべきものとなった。のちの「短歌に於ける写生の説」のなかで、かつての「写生の歌」の舌足らずをおぎなうかのように、つぎのようにも書いているからである。

「その時、長塚氏の解してゐる「写生」の意味と僕の解してゐる「写生」の意味の違ふことを知つた。そしてその時僕は、『写生は輪廓だけの急所でなく、もつと深い生命の急所までも突込んだ』ものでなければならぬと思つたのである。子規の謂ふ「捉へどころ」といふのもさうでなければならぬと思つたのである。僕は最初から、「写生」と云ふ語が好きであつたために、「写生」は本来さういふ深い性質のものでなければならぬと考へて居つた」

周知のように、茂吉は大正九年春から「短歌に於ける写生の説」を書きはじめるにあたって、まずは東洋画論の用語例を確認することからはじめた。子規の目がそこまでは届いていなかったからである。

そして写生とは、今日の洋画家や一部の短歌論者が用いる、手段や過程にとどまる概念とちがって、独立したひとつの画風を指す用語であることを発見した。さらに、「画を学ぶ者は、必ず写生を爲すべき事なり。物の勢を見るには、造物に如くはなし。古人の粉本は、大塊の中に有りとかや」という「竹洞畫論」を知るにおよんで、写生とは、さまざまな具体的な現実に直接相まみえることによって、開かれるものであることを自覚した。つまり写生とは、手段やテクニックにとどまるものではなく、また現物（現場）を見て、その場で作歌せねばならないようなあいまいなものでもなく、対象（実相）に長くとどまる深い眼差しによって、具体的な現実としての生を表現実行する行為としたのである。心の捉え方の標語としての写生という、茂吉流の発言もこうなるとわかりやすくなる。純客観としての写生という概念も消え去ることになる。遂に写生の意味の細かいところも、対象によってどんどん変わる相対的なものとなる。

こんなふうにとらえなおしてみるのもよいだろう。「写生といふ事」のなかで茂吉はいった。子規は写生を実行したけれども、写生の語義を説明するのに、手段などと無雑作にいった。しかし、自分たちの目からは、写生は、手段、方法、過程などではなくて、総和であり全体であり、それを時に、「写生する」「写生による」といったりする。そのうえで、写生を絵画上の言葉から文芸上に移して標語としたのは子規であり、子規とは血脈相承で、ようするに自分たちは子規が拓いたものを深化徹底させた存在だといっていい。私には茂吉がこれほどまでに子規の正系にこだわるところが面白い。わざわざ自分でいわなくても、いずれ後代の人は同じことを思い追懐したろうが、そこにおさまらぬところが茂吉であった。茂吉らしさとしての時代の相を見ておきたい。

「歌を作つてゐるうちに、心の据ゑ方の標語として、「写生」といふことが是非無くてはならぬものである気がした」

「短歌に於ける写生の説」のなかでももっとも中軸となる、「「短歌と写生」一家言」を、茂吉はこう書きはじめた。それに先立つ三年前の大正六年三月の漫筆では、

「人ありて強ひて予の作を或る「流」に分類したくば、予の作は、「実相流」である。また「写生流」であると謂つてもよい。そして予が眞に「写生」すれば、それが即ち、予の生の「象徴」たるのである。この意味で、予の作は「象徴流」だと謂つてもよい」（「写生、象徴の説」）

ともいった。「短歌に於ける写生の説」はこれからなお三年の歳月を経たうえで、半田良平、中山雅吉らとの論戦形式を踏まえつつ、集大成されていったのだが、先にものべたとおり、茂吉は子規が手付かずのままにしていた、東洋画の画論を模索することで、写生に新しい価値を

創出した。竹洞の生写《しょううつし》の説明のなかにあった、「無くて協《かな》はぬ所ばかりを写して可けん」に着目した茂吉は、この見えざるところを、「云わずとも知れた、神《しん》である。たましひである。いのちである。すなはち聖書の「無くてかなふまじきもの」である」といって、そこから「実相に観入して自然・自己一元の生を写す」という、実相に結びつけた写生の定義に跳躍させた。

中野重治は『斎藤茂吉ノート』で、実相という言葉と写生という言葉は説明されているが、観入だけは説明されていないといったが、茂吉自身はその後昭和十四年になって、「短歌初学門」のひとつとして観入についても言及した。アララギ叢書第五十編として予告されながら、なぜか生前には刊行されなかった一冊だけに、中野は執筆時点では見ることがなかったのであろう。

これによると観入とは、作品行為に入る一歩手前の、対象に集中している時間の心的活動を指すことのようである。それだけを手がかりにあとは茂吉自身に聞いてみたい。

「観入が突嗟にして出来る時があらば、記憶が好い人なら記憶して居るし、記憶の悪い人なら手帳に書きとどめて置く。その時直ぐ表現になる、つまり歌言葉になつたなら、直ちに手帳に書きつけ置く方が便利である。また観入が早く出来ない時には、長いあひだ凝視してゐる。いろいろと視てゐる。さうすると同じ山でもいろいろの処が見えて来る。今まで見えてゐなかつたものがいろいろ様々になつて見えて来る。今までただぼんやりと見えてゐたものが、今度は鮮明に見えて来る、即ち具象化して来る。これが即ち観入である」

ついでながら、人によっては集中に主点を置くばあいもあるが、対象集中はすなわち自我集中でもあるから、その自我集中的体験をもって観入と同義と解してもよいといい、ただ自分はこの文字が好きだから用いているともいった。

「短歌に於ける写生の説」のなかでは、実相とは現実の相と砕いていってもいいといい、自然についても、むしろ生と同義にさえ解されるところの、人生自然全体を包括したわれわれの対象世界の名であるともいっているから、となると、ここは現実を凝視することにより、一個人のときにはとるに足りないような内面生活の隅々までもふくめた、人間存在の根底を写し出す態度ということになる。この自然の概念のなかに、人生のあらゆる要素もふくませたところが、このばあいの茂吉の、いかにも茂吉らしいところであった。

すでにのべたとおり、茂吉の写生論は大正三年頃にはじまって、九年の短歌写生の説によって集成された。この大正三年が、左千夫の死や『赤光』刊行に続くものであることはすでにのべた。その後土岐哀果や三井甲之との論戦を経て、アララギ派の代表歌人としても、その理論構築が急がれたのだろうが、それにしても、「実相に観入して自然・自己一元の生を写す」という、ひたすら内的生命を目指す、どこか思いつめた、重苦しい雰囲気をさえ感じさせる（短歌形式にとっても過重な負担と感じさせる）写生観は、なぜこの時期にこのようなかたちで必要とされたのであろうか。

ここで思わねばならないのが、この大正二年から六年までが、茂吉の多くの歌集のなかでもとりわけて悲劇的要素がつよく、かつ変化の激しい『あらたま』の時期にかさなっていることである。といって歌がつくれなかったのではない。とすれば、茂吉の内面にとってきわめて困難な実相が、この時期の茂吉を深々ととり巻いていたということであろう。自然自己一元の生を写すとは、のちの小林秀雄の言葉を借りれば〈私〉の普遍化にも通ずる。実相とは赤裸々な自己告白を強いる生活実相そのものでもありうる。ここでいまいちど「短歌に於ける写生の説」にもどってみたい。

「是（写生のこと）は芸術の一般論に過ぎない、さうしたら、何も写生といふ特別の語を出さなくても好いと難ずる人がゐるかも知れない。それはその通りで、写生の嫌な人は写生を云はなくてもいい。ただ予には写生はきわめて切実なのであつて、予は予の芸術の根本義を此の写生におかうといふのである。予には、写実主義・自然主義・表現主義・理想主義・象徴主義・未来派・内心要素の原理云々は、切実に響いて来ないといふのである」

ここで浮かびあがるのが切実さである。私にはどうもこの時期の茂吉は大きな人間苦を抱え込んでいた気がしてならない。写生という作歌道の根本を貫く意志はともかく、それ以上に写生に仮託したい茂吉もいたのではあるまいか。私にはどうも逆に歌にすがりたがっている茂吉もそこにいるような気がしてならない。そのうえで歌に万能を求める茂吉がいた気がしてならない。

つぎは『あらたま』のあとがきである。

「……当時の僕の外面生活は極めて平板に見えてゐても、内面にはいろいろな動揺波瀾があつた。そのありさまが此の歌集一巻にまざまざと出てゐる。それゆゑ、この過去つた内面生活の記念に対ふとき、一首でも忽卒には読過し難い。かう思ふ事がせめてもの僕の慰安になる」

周知のように歌集『あらたま』は大正二年九月から大正六年十二月までの歌七百五十首が収められたが、発行されたのは大正十年一月のいわゆる長崎病院時代であった。つぎにかかげるのは大正二年の「折にふれ」十一首からである。茂吉の具体的な生活を背景にした、内面苦を抜きにしては、とうてい理解しがたい作である。

をさな妻あやぶみまもる心さへ今ははかなくなりにけるかも
わが妻に触《さや》らむとせし生《いき》きものの彼のいのちの死せざらめやも
いきどほろしきこの身もつひに黙《もだ》しつつ入日のなかに無花果を食《は》む
よひあさく土よりのぼる土の香を嗅ぎつつ心いきどほり居り

一首目、なにゆえにはかなくなったのだろうか。二首目、妻に触らむとする生きものの彼とは一体誰なのか。三首目、いきどほろしきこの身とはなにゆえにそうなったのか。四首目、いきどほり居る心の実体はなにか。ここに写されたものは、無残なまでに虐げられたものの相貌である。

年譜（岩波版全集）を見ると、この時期、大正三年四月には、斎藤紀一次女輝子と結婚している。同時に『赤光』が不朽の名作として声望日増しに高まっている時期であった。「折にふれ」の作は茂吉もいっているとおり、その前夜につくられたもので、きわめて平板で明るいものになってよいはずのものであった。歌のなかで、結婚前にもかかわらず妻とよばれているのは、戸籍のうえでは明治三十八年七月にすでに、てる子女婿として斎藤家に養子縁組の届出が出ていたからである。ただしこのときの輝子はまだ十一歳で、彼女が成人に達したとき婚姻届を出さねばならないという事情があった。と、これは建て前の説明だが、多くの伝記が語るとおり、そもそもこの婚姻そのものが、茂吉に深刻な苦しみをもたらすものであった。

このことにくわしく言及するのがこの稿の目的ではないので、ここでも山上次郎の『斎藤茂吉の生涯』を借りて、そのごく一部を紹介する。

「茂吉にあっては幸福であるべき結婚が決して幸福ではなく、生涯夫人に対して不信と不満を抱き通し、十二ヶ年に及び離婚同様の別居生活をした。実際に夫婦らしい生活を営んだのは極めて僅かで、長い生涯を諦念、諦感で耐えとおしたからである。

茂吉は歌人として多力者であった上にあらゆるものを全力的に詠んだ人で、つねに歌人の材料にし得ないものまで詠みこんだ。然るに、自己の結婚については年譜に書かなかったばかりか一首の歌をも残していない。一女中のおくにに対してさえあれほど痛恨し、かりそめの恋とも思えないこともないおひろ（おこと）に対してさえあれほど芸術性の高い作品を残した。また幼ないいいなずけに対しても幼な妻という愛稱をもってほのぼのとした愛憐の情を歌に託した。それがいざ結婚となると一首の歌も作らなかった。妻を歌ったものも数えるほどしかない。そしてそのほとんどは悲しみと憤りの歌である」

この山上によると、『あらたま』には「かなし」の語句が五十四、「さびし」の語句が五十七、「あはれ」の語句が二十六あり、たしかにあはれで、かなしく、さびしい歌集であろう。

この山上次郎をたどるかぎり、ようするに結婚そのものが、養父紀一の一方的な命令によるものだった。輝子にとっても父は神聖にして侵すべからざる存在であった。このことを頭のどこかに置くだけで、『赤光』のなかのをさな妻は、大正二年の秋にはもう存在しなくなっていることは容易に察しがつく。ここではたまたま出来がよかったために、東北の片田舎から、同郷の遠縁の功成り名遂げた東京の医家に養子縁組された、茂吉のたどった運命のなかに、私たちは啄木や白秋とまたちがった明治人を、いくえにも嗅ぎとっておくほうがよいだろう。養子とはいえ、一般患者用の風呂場の上の二階の物置の隣りの部屋に、医師になってからも寝起きした茂吉にとって、みずから食客といったように、他人の家におずおずと住む、いつまでたっても一介の書生にすぎなかったのである。

こらへゐし我のまなこに涙たまる一つの息の朝雉のこゑ
朝森にかなしく徹《とほ》る雉子のこゑ女《をみな》の連をわれおもはざらむ

宿直の巣鴨病院で歌った大正四年の作である。この年の五月頃には、茂吉は斎藤家から離れ独立することを、離婚も想定して真剣にかんがえていたとも、山上次郎は書きとめている。この点で茂吉の『あらたま』の歌は、現実生活の内面的不幸を契機にした、徹底した諦感と忍耐のなかで孤独に徹することで鍛えあげられていった、とことん生活を染み通らせた歌であった。引いた文のなかで山上次郎がいっていた、逆境のなかであらゆることを詠んだ歌人、つねに歌人の材料にしないものまで詠み込んだ歌人という指摘は興味深い。茂吉はここでは、みずから構築した写生論を核とした短歌形式に凭ることで、生活からくり返し押し寄せてくる内面の危機と闘ったのである。こんなふうにいってもよいと思う。つまり生活実質のがわから、これでもかこれでもかと追いつめられた内的苦悩があったればこそ、歌は逆に茂吉にとっての大きな生命力ともなったのである。そこで面白いのは、「折にふれ」を歌ったのとほぼ同じ時期に、のち芥川龍之介を驚嘆せしめた、「一本道」の連作も書かれていることである。

あかあかと一本の道とほりたりたまきはる我が命なりけり
かがやけるひとすじの道遥《はる》けくてかうかうと風は吹きゆきにけり
野のなかにかがやきて一本の道は見ゆここに命をおしとかねつも

あるいはその翌年には、

あが母の吾《あ》を生ましけむうらわかきかなしき力おもはざらめや

や、

いのちをはりて眼をとぢし祖母《おほはは》の足にかすかなる皸《ひび》のさびしさ

が書かれたことである。ずっとのちに書いた自歌自注の書『作歌四十年』では、あかあかの歌については、秋に見た貫通した一本の道が、「所詮自分の『自分の生命』そのものである、といふやうな主観的なもの」で、あかあかの表現に骨折ったこと、あが母の歌では、うらわかき、かなしき力がたいせつで、しかしこの歌自体はとある雑誌からの依頼によってたんたんとできたと語っているが、写生のうちにこの主観が入ってきたとき（手法としての象徴化が入ったとき）、茂吉のいう一元の生を写すという写生が実現したことを、ここでいまいちど確認しておいていいと思う。

諦感と忍耐と孤独の日々のなかで、茂吉がいのちを根源においてとらえるときは、このようにしてとおいとおい彼方をもつ一本の道を幻視することで、見晴るかす母の胎内（原初としての故郷）にいたるというコースをたどる。これは「鷗外の歴史小説」という文のなかで、幕末の医師安井息軒の妻を描いた「安井夫人」をめぐって、「お佐代さんは必ずや未来に何者かを望んでゐただらう。そして瞑目するまで美しい目の視線は、遠い遠いところに注がれてゐて、或は自分の死を不幸だと感ずる余裕をも有せなかつたのではあるまいか。その望の対象をば、或は何物ともしかと弁識してゐなかつたのではあるまいか」というところを引いて共鳴したことも通底しよう。ここでは、とおく故郷を離れて異郷の地に身を置きつつ、にもかかわらず異郷においては肩身のせまい生活をくり返しながらも、徹底して定住を余儀なくされた生粋の地方人茂吉の、私化されたナショナリストとしてのもうひとつの忍耐を思わねばなるまい。茂吉の歌はこの私化されたナショナリストの幻想領域を背負わされたことで、ふんだんに過重の課題を強いられる重い存在になったのだった。

ところで、茂吉が写生をとおして凝視した対象世界（実感世界）に、その生活意識をとおして、逆に故郷をもたざる都会人（近代の知識人）の側から逆照射を試みた人に芥川龍之介がいた。大正十三年に発表した「僻見」のなかで、芥川は、ハイネ、ヴェルレーヌ、ホイットマン等の詩を原書で手当たり次第に読んでいた高等学校（旧制）の生徒だった頃、偶然読んだ初版『赤光』によって、詩歌にたいする眼とあらゆる文芸上の形式美にたいする眼を、同時にあける手伝いをしてもらったと述懐したあと、「近代の日本の文芸は横に西洋を模倣しながら、竪《たて》には日本の土に根ざした独自性の表現に志している。苟《いやし》くも日本に生を享けた限り、斎藤茂吉もまたこの例に洩れない。いや、茂吉はこの両面を最高度に具えた歌人である」とのべ、「一本道」連作を例に取りあげて、ゴッホの太陽はいくたびか日本の画家のカンヴァスを照らしたが、この連作ほど、沈痛な風景を照らしたことはかならずしもたびたびではなかったであろうと言葉を継いだ。さながら、後期印象派の展覧会の何かを見ているようであるともいった。

なにがこれほどまでに芥川を感動させたのだろうか。ここに来て私はやはり、茂吉が万葉を基層とする伝統としての短歌形式（短歌的リズム）に深くこだわりながら実現してきた生活を思わずにはいられない。生活という用語が不便であるなら、短歌は直ちに生のあらわれでなければならないと説いたときのいのちとしての生活といいかえてもよい。あるいは独自な写生論による日本人の心性の汲み上げ方だったろうと思う。誤解を怖れずにいえば、この時芥川の眼差しで切り取られたものこそは、写実主義、自然主義、表現主義、理想主義、象徴主義、未来派など、西洋近代のことごとくと交換可能な写生によって実現された私化されたナショナリズムの風景だった。

　同じ頃、茂吉がいのちそのものにふれた短い文章がある。

「胸がむづむづして堪らないといふやうな境《きやう》である。心が張り切つて今にもはじけさうだといふ境である。全人格が一団の紅焔となつて燃え立つてゐるといふ境である。強大なる内部衝迫によつて、換言すれば“sich zwingen”の力に依って、自己の「いのち」を表現せんとする乃至表現した人は、力士でも左官でも土工でも画家でも歌人でも、必ず如上の境を味つてゐるに相違ない。予は此の心持を予自身に接近せしめる自然的なる必要上、かかる一群の人々を、「いのちの芸術家」と名づける。そして是等一群の人々を必ずしも狭き意味に於ける芸術家《キュンストレス》のみに即せしめたくは無い」（「童馬漫筆」）

　他のところで、科学的には精神運動性《プシコモトリッシュ》と同義語として内的衝迫のことが語られているから、たぶん内的衝迫も同じものとかんがえてよいだろう。だがいま読むかぎり、これはまるで熱に浮かされているようにも見える。実際ここは、歌の作品行為過程をとおした、意識的な一種のエクスタシーととってよいと思う。現実からの抑圧や鬱積にたいする反照が、要点のひとつとしてくわわるときがあるかもしれない。事実『あらたま』という歌集にはある種の鬱屈した心域からの激しい上下運動があって、それが芥川龍之介のいう沈痛さを醸し出した。こらへゐしの歌とあかあかとの歌を両極から眺めてみればよい。実際にいのちを表現することは、口でいうほどたやすいことではない。「短歌写生の説」のなかでは、いのち表現はつぎのようにも説明された。

「短歌になると、感情の自然流露を表はすことも亦自己の生を写すことになり、実相観入になり、写生になるのである」

くり返すようだが、子規の初期に帰るなら、写生とは目に見えるものを写すことであった。茂吉のばあいにはそこは早くから捨象されて、いのちという言葉がそうであるように、見えないものを見る方向へ視点が移動した。もともと感情をありのままに捉えるということも、感情のありようによっては、五句三十一文字という短歌形式の制約のもとでは至難のわざでもあるといってよい。そこでは読み手の側からの独自な内部衝迫もくわわって暗示となるときもあるのではあるまいか。芥川龍之介の沈痛なる風景を見たこともまた、茂吉の疑似エクスタシーをふくめて、芥川自身の衝迫感を抜いてはありえなかったと思う。そのひとつが西洋の模倣にたいする考察だった。そこで圧倒的な日本が見えたのだった。だから茂吉を通じて万葉集にも猿簑にも関心が広がっていったのだった。あるいはまた「菲才なる僕も時時は僕を生んだ母の力を、近代の日本の「うらわかきかなしき力」を感じている」といわしめたのだった。この芥川はのち最晩年になって、もういちど茂吉を登場させた。連載評論「文芸的な、余りに文芸的な」のなかで、新体詩以後の詩歌の流れを俯瞰しながら、茂吉のことを思った。前提には散文のようには全生活感情を盛り難いはずの詩歌のなかで誰がその試みを実現したかということがあった。

「斎藤茂吉氏は「赤光」の中に「死に給ふ母」「おひろ」等の連作を発表した。のみならずまた十何年か前に石川啄木の残して行った仕事を——あるいは所謂「生活派」の歌を今もなお着々と完成している。元来斎藤茂吉氏の仕事ほど、多岐多端に渡っているものはない。同氏の歌集は一首ごとに倭琴《わごん》やセロや三味線や工場の汽笛を鳴り渡らせている」

芥川がこの評論を雑誌「改造」に連載したのは昭和二年四月からであり、自殺を遂げたのはこの年の七月二十四日であるから、文字通りの最晩年の発言になった。この文を読む限り、芥川は目前に迫った自分の挫折の前方に、仕事の上に慾の多い凄まじい心熱の茂吉を置いたのである。そういえば、私自身、この文章をはじめた初め、同じところを一部引用し、そのうえで芥川の生活派は何かと問うて、同じ最晩年に書かれてこちらは死後に発表された「西方の人」のなかから、「……けれどもクリストの一生はいつも我々を動かすであろう。それは天上から地上へ登るために無残にも折れた梯子である。薄暗い空から叩きつける土砂降りの雨の中に傾いたまま。……」を引いたことがあった。そのうえでこう書いたのである。

「私の了解とは、一口にいってこうなる。「天上から地上へ登るため」の道とは、知識人の存在様式から生活社会（人生＝大衆）へ、無限にとおざかったものから、ふたたび地上的なものへ、還路を目指す芥川の、苦い闘いの過程だったのではあるまいか。そこで、無残に折れてしまった梯子を見たことが、芥川の死へいたる悲劇となった。そうして地上的なもの、地上に目指したものこそは、いわゆるマリアの存在に他ならなかった、と」

このマリアへの自覚こそが、芥川をして、近代の日本の「うらわかきかなしき力」を感じさせたのであった。逆にいえば「うらわかきかなしき力」をみずからは持つことができなかったゆえに、みずから閉ざす道を歩まねばならなかったのである。

と、こんなふうに見てくると、茂吉の『あらたま』の世界にも天上的なものと地上的なものがあり、一首ごとぶつかりせり合っているようすがうかがえる。そこを先に私は心域からの上下運動といってみたのだが、これもまたシャープな落差をもってきびしい。たとえば山上次郎は妻を歌った歌は極端に少ないといったが、少ないなかにこんな歌もある。

妻とふたり命まもりて海つべに直《ただ》つつましく魚くひにけり

一瞬の安らぎと読んでしまえばそれまでだが、むしろ茂吉のはらはらするような祈りもあるのではあるまいか。茂吉という人は猜疑心や嫉妬心もめっぽうつよく、あらゆる人間臭をぷんぷん放った人だけに、むしろここにこそ沈痛なる内的風景が隠されたのではないか。

それにしても茂吉は韻律の人であった。短歌形式における感情表現では、言語の有する音楽的要素が表象的要素との連繋によって一首の歌詞として表現されなければならないと一貫して主張した人であった。この点、歌の解体をとおして実現しようとした啄木の意図を、逆に歌の可能性を高めることによってなしとげた人であった。芥川龍之介がいった生活とは、ここでは韻律に盛り込まれた散文の量でなければならない。茂吉はそこを短歌の不自由さを百も承知したうえで、みずからの徹底した個人幻想による、内部を凝視する独自な写生観によって突破したのだった。芥川龍之介が感嘆した根もそこにあった。

私にとって歌とは何か

あとがきにかえて

もう四十年以上も前のことになるが、「わが歌のはじまり」と題したみじかい追悼文を、その頃京都から出ていた「林泉」という短歌雑誌に書いたことがあった。この種の文は私には少ないことと、多少は備忘録の意味もかねて、ここに全文を再録しておきたい。

数年前になって、やっと私は、長い間保存したはずの一冊のふるいアンソロジイを取り出した。一九四九年度吹田第二中学校文芸部の作品集『フォルテ』である。B6孔版で96ページのこの作品集には、当時私たちがつくった短歌と俳句の全部が収められている。短歌は富永堅一先生の指導をえたものである。そして、私の記憶にまちがいがなければ、筆耕の全部もまた、富永先生の手になるもののはずである。

この一冊を捜しあてたとき、私は重い肩の荷をおろすような安堵をえた。秀平昌子さんから先生の逝去の報に接したとき、私はあのなつかしい髯面の、浅黒い先生の貌を思いながら、めくるめく二十年有余の歳月を駆け抜けて、無作法にも日々、私にこのような鋭い感受性の原点があったことを忘れさせた緩慢がしきりに悔まれた。単純に、ただ忘れていたということではない。ささやかながらいまも物を書く私にとって、かつて年少の日々、富永堅一先生から私たちが繰りかえしおそわった、生活を熱心に凝視する態度こそは、私が最初に遭遇した方法論であった。先生はどんな風景も、現実生活の内部からとらえ出すようといつも教えられたと思う。作品集のなかに先生のこんな歌がある。

半裸なる人夫が莚より立ちあがり又寝そべりて我ら見送る
切崖に荒々しく日の反射して垂れ下る赤き勲章草の群

この批評の切れ込んだ写生の抱きとる情緒の質を、いま私は、現在時の私としてあらためて追体験することができる。当時、すでに幼い私たちの前に、ただ教師としてだけでなく、ひとりの真摯な表現者としてもまみえようとされていたようであった。

私たちが富永先生に学んだころは、戦後のもっとも生活の苦しい時代であった。継接だらけの服をまとい、脂肪のない玉蜀黍のパンをかじって学校に通っていた。私は父を戦争で失い、空襲にも遭い、北陸の疎開先から、やっとの思いで母と大阪にまいもどったころであった。級友たちにも片親育ちの少年は多かった。『フォルテ』に多くの歌を発表している丹羽志郎もそんなひとりである。

昨日は百円今日は五十円と兄弟が学校の費用をもらう苦しさ

私もまた歌っている。

勤めよりいまだ帰らぬ母を待つ夕餉の支度我れととのえて

四季を折りこむなどというふるい形式理念ではなく、生活実感に根ざすことの本質を説かれた先生の歌の方法は、そのまま丹羽や私にとっては、暮らしを直視しそれに耐える勇気をしめすことであった。いま、しみじみと『フォルテ』を繰っていると、丹羽や私自身の歌のなかに、そのまま先生の慈愛に満ちた肉声が重なって聞こえる気がする。ごくふつうの意味で私たちは不遇な少年だったが、先生のやわらかい眼差しははるかに深く熱く私たちの頭上に飛んだ。

このころ、丹羽や私は透谷や啄木を愛誦した。啄木の感傷的なリズムはとくに私たちの感受性を揺るがせた。いつのまにか、描写から主情に走り、先生の強い批判を受けたこともあった。私たちは反抗し、先生の庇護のもとで自我の翼をいっぱい広げていった。

高校生活のなかばごろ、先生と別れたこともあって私は短歌を捨てた。現代詩の世界にふみこみ、結局は透谷や啄木の途をたどった。くしくも逝去の報に接した同じ月私は一冊の詩論集をもった。その一冊を持ち、おたずねして、先生の怖いお顔を見たかったと思う。

たまたま先生の悲報のあと訪れた友人にその話をすると、友人は私に短歌論を書くことを強くすすめた。私自身の自己史が見えはじめるだろうというのである。私の内部に深く錘を垂れている先生にたいする悔恨を、その友人は見抜いたようである。ああ、とこれを書きながら先生の髯面を思う。先生の少し猫背の後姿を思う。わが年少時を思う。

（「林泉」一九七五年十一月号、のち『倉橋健一選集5』に収録）

対象になっている富永先生とは、中村憲吉の流れを組む関西アララギを主導した鈴江幸太郎門のひとりで、一九七五（昭和五十）年六十六歳で師に先立って亡くなった歌人。没後編まれた『富永堅一歌集』には、したがって鈴江幸太郎の題文がついているが、そこには「若い戦時にかかる一時期を除くと、全く短歌に没頭し写実短歌を更に世に布く気概を以て終始した」とあり、戦前派の筋金入りのアララギ歌人だったことがわかる。当時は吹田二中で図工の先生をして居られた。

先の紹介の文でわかるとおり、私は一九三四（昭和九）年の生まれであるから、一九四七（昭和二十二）年、戦後になって発足した学制改革による六・三制開始によって、いわゆる新制中学校の最初の一年生になった。（ついでながら、国民学校公布によって小学校が国民学校と呼ばれるようになった年にこの国民学校に入学したのであるから、思えばこのウルトラ・ナショナリズムの時代に小学教育を受けたまるまるの世代になる。）

そんな時代の巡り合わせにぶつかったせいで、三年と八か月で父を戦場で失い、そのため母の実家のあった北陸の福井に引きあげていて、終戦まぎわの空襲で焼け出された。東尋坊に近い雄島村の海水浴場に民宿の一間を借りて疎開、この村で国民学校を卒業する。そこで福井のまちにもどって新制中学一年生ということになるが、運わるく長く腎臓を病んで、一学期をまるまる棒に振ってしまった。おまけに二才年下の弟がいたのが、こちらは盲腸からこじらせて腹膜炎になり、焼け跡に建っていた病院の一室であっけなく死んでしまった。憔悴した母は、そこで父の友人をたよって、大阪で国鉄（現在のＪＲ）の独身寮の寮母の職を世話してもらい、この吹田二中に転校することになった。

と、長々来歴を書いているが、他意はない。書きとめておきたいのは、この一学期まるごと休学のツケであった。周知のように、英語が教科に採用されたのはむろんこの中学からで、そうなると、英語の時間などそのブランクが災いして、皆目わからなくてまったくついていきようがないのである。数学のばあいもそうで、初歩的な幾何の授業で、「任意の一点が……」と先生がいって、みんな手をあげているのに、私ひとりその任意の意味がわからない。きまりがわるいのでもそっと手をあげると、「オヤオヤめずらしいな、じゃクラハシ」とあてられて、しどろもどろになるばかりで何も答えられない。なんともいいがたい劣等感に襲われて、そのままいまでいう適応障害に陥って不登校児になってしまった。当時のことはよくおぼえている。八軒長屋の二階に間借りしていたが、階下にたまたま知的障害の男の子が居て、終日家に居て、私も鍵っ子だからどこか馬が合って、終日並んで壁にもたれている日が何日か続いた。母にも内緒にしているのだから、早いうちにどこか働き口でも見つからないかなと思案していたが、といって、才覚があるわけではなかった。体のいいふてくされといってしまっていい。

そんなある日だった。昼下がり、「クラハシ、クラハシ」と外から呼ぶ声がする。窓ごしに覗いてみると、丹羽志郎が級友と連れだって立っていた。といって私のほうから面識があったわけではなく、美少年で秀才で学級委員で、教室ではずば抜けて人気があったから、私にもすぐわかったまでである。「ともかく学校に出て来いよ、君みたいに転入しはじめ難儀した奴はいっぱい居るから慣れるまでのしんぼうや、先生かてぜんぜん気にしてへんぜ」。

私の不登校は、これであっけなく終わる。丹羽に誘われて、これも彼が部長をしていた、踊り場にあった新聞部員室に入ると、そこには気立てのいいメンバーがたくさん居て、私もまもなくして校内に取材班のひとりとして駆けまわる身となった。その後どんなふうに学力を恢復させていったか、まるで記憶にないが、英語についての苦手意識だけは、のち受験生になってからもずっとついてまわった。そして丹羽志郎もまた、下に弟と妹をもつ戦死者の息子だった。

ただ丹羽にはたしか年上の従兄弟が居て、彼がなかなかの文学少年だったことから受け売りのかたちで、私も啄木の歌や透谷の『楚囚之詩』を知った。「曾つて誤つて法を破り政治の罪人として捕はれたり」の最初の語句は、晩翠の「星落秋風五丈原」とともに、すべてこの丹羽をとおして知った。その丹羽は一家を背負って、高校を早く中退すると、母親と吹田に隣接する茨木市の公設市場で金物店を営んだが、あるとき住まいにしていた二階の一室から灯明が倒れて出火、公設市場全焼の火元となった。あとは親戚の電気商を手伝って、商才もあったのだろう、しっかり一家を支えた。その会社に遊びに行って、市場に出回る前のテレビジョンを見せてくれたのも丹羽だった。あとは文にあるとおりである。

私たちがつくる啄木調に、先生はいつもたっぷり朱を入れてきびしかったが、結局は先生のいう写生の意味を理解するには、私のばあいは、小野十三郎のいう「短歌的抒情の否定」という回路が必要となった。

六〇年代の終わり頃、その頃「日時計」「黄金海岸」に拠っていた俳人の坪内稔典さんに、ひょんなことから出会った。彼はそのあと七〇年代に入って、関西を拠点に、戦後世代のメンバーによる現代俳句の運動を起こしたことから、私も、俳句のみならず、塚本邦雄、寺山修司、岡井隆など歌の世界にも馴染む機会にめぐまれることになった。と、いって、私自身、歌や俳句の世界にのめり込んでいったということではなかった。どこまでも現代詩の世界にあって、伝統的な言語世界のもつリズムの流れや、短詩形のもの、短詩形ゆえの独特な緊迫感に強く惹かれるものを感じ、できることなら、詩の世界につけくわえるべき何かがあればいいというのが本音で、その点では、俳句の側の坪内さんもそうだったろう。

私が詩を書くようになったのは、ハタチを過ぎた頃、一九五七（昭和三十二）年で、吹田から出ていた「ながれ」という詩のサークルにくわわってからだった。この詩誌を主宰していた菊池道雄というリアリズム系の詩人から、「君は詩のほうが向いてるんやないかな」と、漠然といわれたことが契機となった。当時大阪や神戸、京都で開かれていた、詩誌「現代詩」に載った作品を批評する「現代詩を読む会」に連れていってもらったことで、小野十三郎の詩と詩論を軸とする、新しいリアリズム詩を標榜する、長谷川龍生、井上俊夫、浜田知章ら「山河」のメンバーや、在日朝鮮人詩人の金時鐘らの鋭い感性にふれることで、若い私はぐんぐん惹かれていった。

小野十三郎の「短歌的抒情の否定」「歌と逆に。歌に。」という命題が、私の眼前のものとなったのである。もっとも、こんなふうに書いたからといって、そこだけを短絡してとらえてもなるまい。「物の瞬間の動き、心の発火点、構想の円周、イメージの展開、それらが同時性をもって、一つの明確なフィールドをつくり出す」とは、長谷川龍生の『小野十三郎詩集』に寄せた解説の一節だが、そこを伝統的な歌になかった新しいリアリズムの歌の視点に置くというのが、このばあい、戦後詩の地平に立った彼らの方法論であった。

方法論としてとらえるかぎり、いまでも私は、このかんがえ方が古くなったとは思っていない。まして、戦後の現代詩は、モダニズムの流れを汲もうと、プロレタリア詩の流れを汲もうと、生活派であろうと、いずれのばあいにも、なぜか伝統詩形の内にある文語律とはまったく切れたところからはじまった。文語律から口語律へ、詩史的に見るかぎり、この推移は、時代相そのものの流れとしてとらえてまちがいないと思うが、それが現代詩の言語行為における進化につながっているかという問題になると、いささか首をかしげざるをえない。

戦前派の詩人からもいえる。たとえば三好達治の戦後いち早く刊行された『砂の砦』は、敗戦国民の反省と自覚をうながして、かつ新しく口語詩を試みたものとして定評をえている詩集であるが、それでもなかに「雪はふる」のような文語詩形の作品がぽつんと入っている。そのあと刊行の『日光月光集』でも冒頭「鷲」「瓦全」「門に客あり」などは文語詩形で、口語律の専有に耐えられなくてついついはみ出してしまっているような印象が、かえって愛嬌のあるようにも見える。ところが伊東静雄の戦後刊行の『反響』では、収録作品全部が口語詩形になっている。もともと著名な『わがひとに与ふる哀歌』にしても、口語詩篇のなかに、文語詩形が混淆するかたちで編まれており、「曠野の秋」は、そこで伊東静雄独特の文語詩形であることで、いっそう光彩を放った作品であった。つまり石川啄木がその昔『一握の砂』で示したような、文語のリズムと口語のリズムの自在な混淆が、伊東静雄のばあいにも適応されているように、私などには思われてきたのである。それが全篇口語詩形ということになると、戦後GHQの占領下の時代にあって、文語詩形そのものが、戦争責任を負わされているような錯覚さえおぼえてくる。小野十三郎のせっかくの戦時下の主張も味気なく見えてくる。

ここで小野十三郎にもどすと、『詩論』のなかでこんなふうにいったことがあった。「無韻律詩（非定型詩、自由詩）や散文詩が「歌」を否定したと見るのはまちがいだ。むしろそれは「歌」の暫時的な隠匿である。内在律ということがいわれた。嫌な言葉である」(99)。その前に「歌と逆に。歌に。」というアフォリズムに近い一行が置かれた。日本精神とセットにされて、湯水のように消費されていく三十一文字の定型律だけが、否定の対象ではないといったのである。詩は批評である、批評を機能させせるのが詩における科学であるという方法論は、この内在批評から呼び起こされたものであった。でも戦後の小野に近い筋の大阪は、短歌的抒情の否定といえば短歌そのものの否定であり、一方では戦前のプロレタリア詩の再来を思わせる政治詩、アジテーションのような作品が、この小野の短歌的抒情の否定という命題によりかかっていた。これは小野とも無関係なものであり、先の長谷川龍生のリアリズムの方法論とも無縁なものであった。

七〇年代に入って、詩誌「白鯨」が一段落した頃、当時「ぬ書房」という俳句の出版社を手伝っていた坪内さんから、「斎藤茂吉論を書き下ろさないか」と、誘われたことがあった。なにいうのもなく不思議な戦慄がからだのなかを走り抜けた。詩の世界に近づくにつれ、もともとあった少年時代から脱走しているような気分が、意識のどこかにあったからであった。まもなくして古書店をやっていた知人から、安く手に入ったといって茂吉全集が届けられた。そういえばその頃の坪内さんはすでに、『正岡子規——俳句の出立』というすぐれた子規論をもっていたが、きっかけになったのは、パチンコに勝ったお金で、当時水に漬かって傷みの入った子規全集を買ったからだと、どこかに書いていたのを思い出した。それもまた私には十分刺激だった。

だが、実際には、三十六巻にもおよぶ茂吉全集は、読みとおそうにもそんなに簡単に手に負える代物ではなかった。折にふれコツコツ読んだりノートを取るのが、関の山となった。

九〇年代も終わりになって、俳人の出口善子さんから、私の責任編集で関西のこの地から文化誌を出す相談をかけてもらった。これが一九九九（平成十一）年に創刊した「イリプス」で、市販を頭に入れての年三回の定期刊行物となった。その二〇〇三（平成十五）年六月発行の第十冊から二〇〇七年三月発行の第十八冊（終刊号）に連載されたのが、今回のこのノートである。

といって、私は歌について、何かをつけくわえることができるかなどと、大それたことをかんがえたわけではない。文中にもあるとおり、たまたま芥川龍之介が「文芸的な、余りに文芸的な」のなかで書きとめた、「斎藤茂吉氏は「赤光」の中に「死に給ふ母」、「おひろ」等の連作を発表した。のみならずまた十何年か前に石川啄木の残して行った仕事を――あるいは所謂「生活派」の歌を今もなお着々と完成している」という一行が、私にとって、最初の水先案内人になっただけである。そういえば茂吉は、啄木について存在はみとめながらも、いちども好意的な見方をしたことのない歌人であった。そこを、読みようによってはまったく無雑作ともいえる芥川龍之介の結びつけ方が、逆にとても深いものに見えたのである。このとき啄木はむろん居ない。茂吉はどう反応したろうか。そう思って、茂吉のうえに啄木をかさねていくと、それ自体「一九一〇年代論」とも名づけたいような、同時に、いくら引き剝がそうとしても切り離せない、粘着剤で引きつけられているような、いわば時代相に繋がれた特異な位相があることに気づかされた。

いうまでもなく、このばあいふたりに横たわる両極とは、彼らは共に東北人でありながら、歌など捨ててもよいと晩年になっても言い切った啄木と、何がなんでも万葉を柱とする伝統詩歌としての歌を守りたい茂吉の位相である。しかし、その反面で、啄木の『一握の砂』についてなら、最初『仕事の後』と題して歌集刊行を目論んでからたった半年のあいだに、壮絶なほど作品を入れ替えたり、編集に手間隙かけた啄木が居ると同時に、茂吉もまた師伊藤左千夫とのあいだに確執を生むや、師を無視したまま『赤光』刊行に踏み切る、困難に身を晒している。一方で、大逆事件で、未踏の洞察をした啄木が居て、まったく無関心どころか、むしろ当時の国体にまっこうから順応していく常民像としての茂吉が居るのである。

私はこのふたりのうら若き歌人を、一方から一方へと見るのでなく、一方に加担するのでもなく、その折々を、どこまでも平衡感覚のなかで眺めることで、私なりに明治末期という転形期の時代相をとらえてみたいと思った。

同時に、これは今日の私たちの詩的営為については、たえず何かをつけくわえることができるのではないかともかんがえた。私自身にとっては、遅すぎた青春論ノートといっていいかも知れない。実をいうと、書きすすめながら、啄木にたいしても茂吉にたいしても、ひたすら羨む気持が去ることがなかった。

二〇二一年十月

主だった参考文献

『斎藤茂吉全集』岩波書店
『啄木全集』筑摩書房
『定本平出修集』春秋社
『正岡子規　伊藤左千夫　長塚節集』（現代日本文学大系10）筑摩書房
『森鷗外選集』（第10巻）岩波書店
山上次郎『斎藤茂吉の生涯』文藝春秋社
中野重治『斎藤茂吉ノート』筑摩書房
北川透『萩原朔太郎〈詩の原理〉論』筑摩書房
木股知史『石川啄木・一九〇九年』冨岡書房
鮎川信夫・吉本隆明・大岡信『討議近代詩史』思潮社
『芥川龍之介全集』（第6巻・第7巻）ちくま文庫
木俣修・安田章生『現代短歌手帖』創元社

『日本の詩歌』（第11巻）中公文庫
李御寧『「縮み」志向の日本人』講談社学術文庫
杉山平一『低く翔べ』リクルート出版
杉山平一『映画の文体』行路社
岡倉覚三／村岡博訳『茶の本』岩波文庫
『近代詩歌論集』（日本近代文学大系59）角川書店
『近代評論集Ⅰ』（日本近代文学大系57）角川書店
W・ジェイムス／桝田啓三郎訳『宗教的経験の諸相』（上・下）岩波文庫
上山春平責任編集『パース ジェイムズ デューイ』（世界の名著48）中央公論社
金田一京助『新編 石川啄木』講談社文芸文庫

倉橋健一　くらはし・けんいち

一九三四年、京都市生まれ。六〇年、「山河」同人。以後大阪に留まって表現活動を続ける。七〇年、「犯罪」を編集。七二年、「白鯨」創刊同人。「火牛」を経て現在は「イリプス」同人。詩集に『倉橋健一詩集』『凶絵日』『寒い朝』『暗いエリナ』『藻の未来』『現代詩文庫・倉橋健一詩集』『異刻抄』『化身』（第31回地球賞）『唐辛子になった赤ん坊』『失せる故郷』（第55回歴程賞）『無限抱擁』（第40回現代詩人賞）など。評論・エッセイ集に『未了性としての人間』『世阿弥の夢──美の自立の条件』『抒情の深層──宮澤賢治と中原中也』『詩が円熟するとき──詩的60年代環流』、共著に『70年代の金時鐘論』（松原新一と）『いま、漱石以外も面白い──文学作品にみる近代百年の人語り物語り』（今西富幸筆録）など。『倉橋健一選集』全6巻がある。